www.tredition.de

Walter Scheele

Treffpunkt
Altneu Synagoge

Mädchenhandel
Im Zeichen der Freiheit

www.tredition.de

© 2017 Walter Scheele

ISBN:
978-3-7345-7578-5 (Paperback)
978-3-7345-7579-2 (Hardcover)
978-3-7345-7580-8 (e-Book)
Verlag: tredition GmbH, Hamburg

Printed in Germany

Der alte Liaz rumpelte und stieß. Micha war unwohl. Der Geräusche des alten Motors wegen. Aber auch der Ladung halben. Denn die war brisant. Micha atmete zum ersten Mal erleichtert durch, als die E 55 am Ortsrand von Teplice in die Schnellstraße zur Grenze nach Deutschland einmündete.

Dann mischte sich plötzlich ein verdächtiges Poltern in das Schnaufen der Maschine und das Stöhnen der überlasteten Federn. Der Anhänger begann zu rumpeln. Im Spiegel konnte Micha nicht erkennen, was dieses merkwürdige Verhalten hervorgerufen hatte.

„Verdammt", fluchte Micha. „Was wird das nur wieder werden. Schon jetzt Stau. Hoffentlich hält die durch. Ist verdammt eng da drin."

Als er auf der Schnellstraße die Eisenbahn überquerte, gerade als der Personenzug von Chomutov (Komotau) nach Decin (Tetschen) mit kreischenden Bremsen seine Fahrt für den Halt in Teplice verlangsamte, musste Micha kurz anhalten. Vor ihm stockte der Verkehr.

Deshalb gelang Ivanka die Flucht aus dem dunklen Verlies unter dem Anhänger, wo sonst Paletten verstaut waren. Dort hatte man sie, an Händen und Füßen gefesselt, eingepfercht. Hinter einer geschickt gemachten Attrappe, die aussah, als wäre der gesamte Stauraum mit Paletten vollgestopft.

Doch die Fesselung war ungenügend gewesen. Aus Sicht der Männer. Ivanka sah das ganz anders. Als sie auf der Brücke aus dem Kasten rollte, überkam sie das Glücksgefühl einer großen Gefahr entronnen zu sein.

Doch so weit war es noch nicht. Das wusste Ivanka. Sie duckte sich an den Fahrbahnrand. Weshalb Micha dem Irrtum erlag, ein Kollege habe auf dieser Brücke Ladung verloren. Aber das merkwürdige Geräusch blieb. Weshalb Micha kurz vor Dubi, dem früheren Eichwald, die Warnblinkanlage einschaltete und anhielt.

Als er bei seinem Rundgang um den betagten Lastzug zum Anhänger kam, fluchte der kräftige Mann laut. Die Klappe mit der Palettenattrappe war offen, schliff über die Straße. Vom Inhalt keine Spur. Zurückfahren und suchen? Mit dem Lkw? Ein Unding. Das wäre sofort aufgefallen. Und vor allem: Was sollte er verloren haben, wenn man ihn fragte? Also gab es nur eines: weiterfahren und telefonieren.

In Prag löste der Anruf Michas Verärgerung aus. Jedoch noch keine Aktivität. Man werde die Ausreißerin schon finden.

Der solchermaßen knapp beschiedene Trucker setzte seine Fahrt fort. Am Grenzübergang Cinovec war er erleichtert. Die Kolonne der wartenden Lkw staute sich bis in die Spitzkehre der Nationalstraße 8. Das bedeutete lange Wartezeit. Und dass die Grenzer genau kontrollierten, welche Fracht zwischen Tschechien und Deutschland unterwegs war. Sollten sie doch seinen Liaz filzen. Finden würden sie nichts.

Aber Micha fand etwas. Ein Mädel, blutjung. Es war bereit, ihm die Wartezeit zu verkürzen. Sogar nach allen Regeln der Kunst. Weil er mit harten Euro zahlte. Und nicht knauserig war.

📖

Ivanka verbrachte die Zeit weitaus ungemütlicher als der Trucker und sein Mädchen. Die 22-Jährige war im Stockdunklen über eine schmale, steile Treppe von der

Straße hinunter zur Bahnlinie geklettert. Von dort aus hatte sie sich neben den Gleisen den Weg zum Bahnhof mit seinen trüben Lichtern gesucht.

Jetzt saß sie frierend und dem Verdursten nahe auf einer harten Holzbank vor dem tristen Gebäude. Das wenige Kleingeld, das ihre Entführer übersehen hatten, reichte gerade um ihren Bruder Gregor in Roudnice anzurufen. Nicht aber um sich eine Cola oder gar einen Schnaps in der Bahnhofsgaststätte zu besorgen. Gregor hatte nicht gefragt, was passiert sei, aber eines versprochen: Er wollte sofort losfahren. Und auch eine Flasche Sliwowitz mitbringen. Er fragte nie, wenn seine Schwester ihn um Hilfe bat. Der ehemalige Fallschirmjäger war sich sicher. Wenn seine Schwester sprechen wollte, würde sie das von sich aus tun.

So war es schon immer bei den Geschwistern gewesen. Sie hatten sich immer aufeinander verlassen können. Auch nachdem Gregor geheiratet hatte. Und auch jetzt, nach der politischen Veränderung, als der durchtrainierte 24-jährige zur Polizei gegangen war. Was er dort tat, wussten weder seine Frau Helena noch seine Schwester.

Ivanka brach in Tränen aus, als der Wagen ihres Bruders stoppte. Behutsam fasste Gregor seine Schwester an den Schultern. Führte sie in seinen betagten Skoda. Die 22-Jährige trank dankbar fast eine ganze Flasche Wasser und einen großen Schluck des scharfen Schnaps. Dann hatte sie sich so weit gefasst, dass sie erzählen konnte.

Gregor erfuhr, dass seine Schwester bei einem Fest in Drahunky einen Mann kennengelernt hatte. Man fand sich gegenseitig sympathisch. Weshalb sie und ihre

Freundin Wanja einer Spritztour nach Prag nicht abgeneigt gewesen waren.

Die Erinnerung an diese Fahrt ließ Ivanka erneut in lautes Schluchzen ausbrechen. Gregor wusste nur zu gut, wovon sie sprach. So war es in den meisten Dörfern und Kleinstädten seiner Heimat. Vor der Öffnung der Grenzen wie danach. Geändert hatten sich nur die Möglichkeiten für bestimmte „Geschäftsleute". Die kleinen Handwerker und Bauern hatten, ebenso wie die Arbeiter, nichts profitiert. Oder bitter wenig.

Ivanka berichtete von dem Abend in Drahunky. Und was seine Schwester nicht wusste, konnte er sich zusammenreimen. So war es immer und auch hier.

Die Tristesse ist mit Händen zu greifen. Lethargie liegt schwer über den Dächern. Die Dorfstraße ist ebenso lang wie öde und grau. Die Häuser eingeschossig, mit tief herabgezogenen Dächern. Der Putz bröckelt. Die Zäune hängen ausgebrochen an den morschen Pfählen. Bürgersteige gibt es nicht. Windschiefe Masten tragen teilweise zerrissene Freileitungen, deren Enden im Wind baumeln.

Aus den Schornsteinen steigen dünne Rauchfahnen. Sonst liegt alles leblos, dunkel da.

Nur aus einem Haus an der Komenského nám dringt Licht. Außerdem die Musik einer Kapelle aus Akkordeon, Geige und Bass. Flackernde Lichtgirlanden beleuchten einen bescheidenen Rummelplatz mit Kettenkarussell, Los- und Schießbude, einem Podium mit der Kapelle. Über den Musikern mit den grauen Gesichtern und verschlissenen Anzügen spannt sich eine alte Armeeplane von einem Ast zum anderen, dann herunter bis fast auf die Erde. Neben ihnen steht ein Bierfass auf einem Holzbock. Daneben soll ein gefüllter Wassereimer einige Schnapsflaschen kühlen.

Die zwei jungen Mädchen bummeln über den Platz. Wan-ja fordert ihre Freundin auf: „Lass uns tanzen." Ivanka zuckt mit den Schultern. Was die Knöpfe an ihrer knallengen Bluse fast abspringen lässt.

Ivanka sieht sich um. Dann widerspricht sie: „Lieber schießen. Oder losen. Oder noch besser gleich heimgehen. Mit wem will 'ste denn hier tanzen?" Die Mädchen schlendern zum Ausschank. Nehmen sich jede einen Krug Bier, trinken in langen Zügen.

Während die Mädchen über den Platz schlurfen, fährt ein Siebener BMW am Garten vor. Stoppt mit quietschenden Reifen. Zwei westlich modern gekleidete junge Männer steigen aus. Typ Bodybuilder. Sie gehen langsam, sich umsehend durch die Kneipe und den Garten.

Auf einer Bank unter dem schiefen Fenster mit der abblätternden Farbe auf dem Rahmen sitzen alte Männer. Vom Aussehen alt – ihre Gespräche sind nicht zu verstehen.

Hinter dem Tresen stehen zwei Frauen. Sie tragen über den zeitlos unmodernen Kleidern ebensolche Kattunschürzen. Die altmodischen Frisuren machen ihre Gesichter noch älter, als die Frauen an Jahren sind.

Kosmas und Petar sind enttäuscht: „Das sieht nicht vielversprechend aus", meint Kosmas. Petar späht gelangweilt durch die Tür in den Garten. Sieht die knackigen Pos der beiden jungen Frauen. Er pfeift durch die Zähne.

Anerkennend tuschelt er seinem Begleiter zu: „Man soll den Tag nicht vor dem Abend ..." Der Mann zieht

Kosmas an der Theke vorbei zur Gartentür. Beide stellen sich an der Schießbude neben die Mädchen.

Kosmas beginnt die Anmache: „Wie habt Ihr Euch denn hierher verirrt?"; will er von den Mädchen wissen. Die reagieren nicht. Sehen sich die Männer verstohlen von oben bis unten an.

Wanja antwortet endlich, so schnippisch sie kann: „Wie es so geht, wenn man hier lebt und sonst nichts los ist." Ivanka ergänzt: „Und man vor allem kein Auto hat." Die Mädchen drehen sich scheinbar gelangweilt weg. Nicht ohne dabei ihre Reize gekonnt zur Schau zu stellen.

Kosmas wendet sich Ivanka zu: „Wir wollen schießen. Für jede Rose die ich treffe einen Kuss von Dir." Ivanka schaut den Fremden voll an. „Da musst Du verdammt gut schießen. Unter Dreien für einen tut sich nichts!"

Sechs Schuss aus dem Luftgewehr fallen. Nach jedem Schuss muss nachgeladen werden. Mit jedem Schuss fällt eine der scheußlich grellen Plastikrosen. Wanja tut entrüstet. Beschimpft ihre Freundin: „Das hast Du jetzt davon. Jetzt wirst Du ..." Im gleichen Moment fasst Petar Ivanka um die Hüften, zieht sie an sich und küsst sie auf den Mund. Das Mädchen gibt seinen Widerstand schnell auf.

Kosmas zieht Ivanka zur holprigen Tanzfläche unter der Kastanie. „Lass uns tanzen. Dann hole ich mir meine ganze Belohnung." Die Paare stolpern auf dem holprigen Boden mehr, als dass sie tanzen. Die Musik tut ein Übriges. Beide Paare brechen den Tanz ab und gehen sich Bier holen. Dazu Schnaps aus der Flasche in dem Eimer daneben. Die Paare trinken sich zu, lassen sich die Schnapsgläser mehrfach neu füllen.

Kosmas macht schließlich den Vorschlag: „Wollt ihr Mal in einem richtig flotten Wagen ... Wir könnten nach Prag in die Disco fahren. Petars Freund hat da einen ganz heißen Schuppen?"

Die jungen Frauen sind begeistert. Petar zahlt und das Quartett geht beschwingten Schrittes zum BMW. Wobei die Männer ihre Hände nicht bei sich behalten können.

Sie steigen in den Wagen. Die beiden Männer lassen ihre Chancen nicht aus, mit geübten Griffen den üppigen Rundungen der Mädchen nachzufahren. Worüber diese nicht unglücklich zu sein scheinen. Sie lassen es sich ohne Widerrede gefallen.

Während der Fahrt sitzen Wanja und Petar hinten. Beide beschäftigen sich intensiv miteinander. Kosmas streichelt beim Fahren Ivanka - die sich nicht ziert. Laute Rockmusik dröhnt durch den mit Leder eingerichteten Wagen. Die Fahrt vergeht wie im Flug.

Der BMW stoppt unter dem Neonlicht einer Diskothek. Die beiden Paare steigen aus. Sie gehen eng umschlungen auf den Eingang zu. Unter dem Torbogen küssen sich Ivanka und Kosmas. Ivanka hat Bedenken, in diesen noblen Schuppen zu gehen. „Wie wir aussehen! Das ist doch außerdem viel zu teuer ..." sträubt sie sich, bevor sie sich von ihrem neuen Galan weiter in Richtung Eingang ziehen lässt.

Kosmas tut ihre Argumente ab: „Quatsch. Ihr seht super aus. Da passt Ihr genau rein", zerstreut er ihre Bedenken, die eher ein Zieren denn ernsthaft gemeint sind.

Die Männer schieben die zögernden Mädchen ins Haus. Eine Treppe hinunter in einen mit farbigen Strahlern erleuchteten riesigen Raum. Den Hintergrund beherrscht eine mit Nischen ausgestattete pompöse Bar. Die beiden Paare schieben sich durchs Gedränge der Tanzenden an die Theke. Kosmas ordert Schampus.

Die Mädchen sind wie gebannt von dem Glanz des sichtlich teuer und westlich aufgemachten Etablissements. Sie merken nicht, wie sich Kosmas und Petar mit einem Mann an der rechten Seite der Bar durch Blicke verständigen.

Petar prostet den jungen Frauen zu. Beide Männer animieren die Mädchen, immer schneller zu trinken, und tanzen mit ihnen. Kosmas behält unauffällig im Blick, was an der Bar passiert.

Der Komplize der beiden Männer schiebt sich an die Gläser der Mädchen heran. In der rechten Hand hat er eine kleine, geöffnete Flasche verborgen. Aus ihr lässt er unauffällig einige Tropfen einer glasklaren Flüssigkeit in die Gläser der Mädchen fallen.

Die Paare kommen erhitzt von der Tanzfläche. Die jungen Frauen trinken schnell. Beide bekommen Blitz auf Schlag „weiche Knie". Geschickt werden sie von Petar und Kosmas umarmt, zu einer Tür neben der Bar dirigiert. Die Paare verschwinden. Von den übrigen Tanzenden unbeachtet.

Petar stöhnt, als sie die Mädchen in dem Nebenraum nachlässig auf eine Couch gleiten lassen: „Mein Gott, sind die schwer. An den beiden ist wirklich was dran. Das wird Gregorius freuen. Der steht nicht auf Mageres. Hätten wir die nur erst mal drüben ..."

📖

Seit dem Besuch in der Prager Disco wusste Ivanka plötzlich von nichts mehr, erzählte sie. Ihre Freundin Wanja habe sie seitdem nicht mehr gesehen. Sie selbst war mehrere Male von den nun gar nicht mehr freundlichen Männern vergewaltigt worden. Es seien außer Kosmas und Petar mehrere gewesen. Alle rochen nach Schnaps, hatten harte Hände. Sie habe alles nur wie hinter einer Milchglasscheibe mitbekommen.

Richtig zu sich gekommen war sie erst in dem dunklen Kasten unter dem Lkw. Weil es dort so nach Schmieröl stank. Ein Geruch, den sie seit Kindertagen hasste, als sie ihrem Vater in der kleinen Autowerkstatt helfen musste. Mit übermenschlicher Kraft hatte sie sich von ihren Fesseln befreit.

Ihr Bruder knirschte mit den Zähnen. Sagte kein Wort. Griff nur erneut nach der halb vollen Flasche mit dem Sliwowitz. Ivanka trank dankbar. „Ich bringe Dich zu mir", bestimmte Gregor. „Meine Frau wird sich um Dich kümmern!"

Ivanka sah ihren Bruder von der Seite an: „Du – was ist mit Dir?" Er müsse noch mal weg. In den Dienst. Gregor war wortkarg. Bis sie vor seinem Haus in Roudnice stoppten. Gregor wollte gleich weiterfahren. Deshalb holte seine Frau Helena die Erschöpfte ins Wohnzimmer.

📖

Gregor war sofort zu seiner Dienststelle gefahren. Irgendwo zwischen Prag und der deutschen Grenze. Ihre Lage war so geheim wie der Auftrag der Männer. Selbst die Frauen und Mütter wussten nichts. Und sogar in Prag tappten die Polizeibeamten unterhalb der obersten Führungsebene im Dunkeln. Wenn es um die Männer von „Pan Tau" ging. Die Fernsehzuschauer kennen ihn als den freundlichen Mann mit der Melone aus einer beliebten Kinderserie.

Doch die Aufgabe von „Pan Tau" hatte nichts mit Freundlichkeit zu tun. Im Gegenteil. Jeder, der mit dieser Spezialeinheit in Berührung gekommen war, hatte das bitter bereut. Und nicht jeder hatte viel Zeit dazu gehabt. Denn kaum einer war langjährigen Haftstrafen entgangen. Oder war in den Auseinandersetzungen von dem 16-köpfigen Team eliminiert worden. Ausgelöscht. Erschossen. Erdrosselt.

„Pan Tau" war eine Gründung der Prager Polizeiführung und des Innenministeriums. Eine Mischung aus westlichem Mobilen Einsatzkommando und Bundeskriminalamt. Mit weitgehenden Befugnissen. Niemandem Rechenschaft schuldig. Außer dem zuständigen Minister. Die Aufgabe der 16 Männer: Bekämpfung der organisierten westöstlichen Kriminalität; des Mädchen- und des Drogenhandels. Nur selten machten sie bei verdeckten Einsätzen Gefangene. So viel hatte sich herumgeschwiegen.

📖

Der Vorgesetzte Gregors war ein älterer Polizeioffizier. Aber nicht alt genug, um die Zeichen der neuen Zeit falsch zu deuten. Schweigend hörte Jan Cosmas seinem Kollegen zu. Er kam ohne Notizen aus. Wie die übrigen zuhörenden und schweigenden Mitglieder des Teams auch.

Kaum dass Gregor seinen Bericht beendet hatte, fiel eine Entscheidung. „Deine Schwester muss angehört werden. Eingehend. Wir brauchen ihre detaillierten Aussagen. Vor allem soll sie die Männer beschreiben, die sich Kosmas und Petar nennen." Ivanka sollte jedoch erst einmal Zeit haben, sich einigermaßen zu erholen.

„Sie darf auf keinen Fall Dein Haus verlassen", forderte der Chef Gregor auf. „Ich gehe davon aus, dass die Bande nach ihr suchen wird. Kann sein, dass wir schiefliegen, aber diese Sache könnte mit einer ganzen Reihe verschwundener Mädchen aus dem grenznahen Raum zu tun haben." Dann setzte er sich an den klapprigen Fernschreiber, der im Westen längst von Computern abgelöst und im Technikmuseum gelandet wäre. Er hoffte, dass die Kollegen in Frankfurt am Main mit seinem Wissen etwas anfangen könnten. Bisher war da auf frühere Anfragen in dieser Sache noch nichts Brauchbares gekommen.

📖

In Frankfurt sah Petra Stein gerade das Gesicht des Mannes in einer Wolke aus seiner Pfeife verschwinden, der ihr Tag für Tag näher war als jeder andere Mensch. Und doch fremder. Der nie anders sprach als in leicht scherzendem Ton. Dessen gleichbleibend freundliches Gesicht auch für sie nur eine Maske war. Hinter der sich verbarg, was für sie noch immer ein Geheimnis blieb. Wie für die anderen Kollegen ebenso wie die Kriminellen, die die glasharte Seite des Beamten erlebt hatten.

Nach weit mehr als drei Jahren gemeinsamer Arbeit war es der attraktiven Frau noch immer nicht gelungen, hinter die Fassade dieses Mannes zu blicken. Enger Zusammenarbeit, aber auch vieler privater Treffen. Zu Theater, Kino, Kneipenbummel. Und kochen daheim bei ihm. Wo er sich als der perfekte Hausmann herausstellte. Der immer wieder mit geringen Mitteln fantastisch Menüs zu zaubern verstand.

Gerade jetzt musste Petra Stein daran denken. Wie ihr Kollege an seiner kurzen Pfeife zog. Die Rauchschwaden schwebten wie Nebel durch das Büro. Klaus Wolf schien hinter einem Vorhang zu verschwinden. Seine Stimme scherzte, doch das Gesicht blieb unbewegt. „Da scheint sich was anzubahnen. Wieweit das uns hier berühren wird, vermag ich noch nicht zu sehen."

Die attraktive Beamtin drehte sich nach dem Kollegen um. Er schien in einer fernen Welt zu schweben. Mit dem Pfeifenstiel tippte er auf einen Aktendeckel. „Teplice", murmelte er fast mehr, als er sprach. „Fast noch Kinder und alle spurlos verschwunden. Einige vom Fernfahrerstrich, andere von Volksfesten oder aus Discos. Die tschechischen Kollegen von Pan Tau haben da einen konkreten Ermittlungsansatz." Wolf malte unter den Ortsnamen auf seinem Aktendeckel vier Worte: „Rosen aus dem Osten". Und etwas kleiner darunter „Rose der Nacht".

Petra Stein schien zusammenzuzucken, als sie sich jäh zu ihrem Kollegen umdrehte. „Meinst Du das im Ernst?" Ihre Stimme drückte Skepsis aus. Wenigstens schien es so. Doch Klaus Wolf spürte die Spannung, die unter ihrer glatten Oberfläche vibrierte, als sie meinte, Wolf habe ja sogar eine lyrische Ader, wenn er der Akte so einen Namen gebe.

Wolf nickte. „Wir hatten das ja schon mal. Immer laufen die Fäden letzten Endes bei uns in Frankfurt zusammen. Da braut sich was im Dresdener Raum zusammen. Übergreifend von Prag. Die Burschen haben eine perfekte Logistik aufgezogen. Da hängen keine kleinen Fische im Netz."

„Dann kommen wir vielleicht mal dazu, in Pilzen ein echtes Pils zu trinken", gewann Petra Stein der Sache eine gute Seite ab. „Das wäre doch was für Dich." Ihr Kollege nickte bedächtig. „So weit sind wir noch nicht. Erst einmal werden wir uns mit Wiesbaden in Verbindung setzten müssen. Die beim BKA sollen sehen, ob das was für OK wird."

Hinter OK steckte mehr als das amerikanische „o.k." Für „alles klar". OK war inzwischen in Verbrecherkreisen nicht nur im Rhein-Main-Gebiet berüchtigt. Das Team wurde schon lange von Kollegen im gesamten Bundesgebiet um Hilfe angegangen. Besonders in den neuen Bundesländern. „Organisiertes Verbrechen" – für dessen Bekämpfung steht bei der Polizei das Kürzel OK.

„OK" war eine ursprünglich Frankfurter Gründung. Doch dann hatten die Innenminister der Länder bei einer streng geheimen Zusammenkunft im Bundeskriminalamt in Wiesbaden entschieden. Es für taktisch klug gehalten, aus der Frankfurter OK eine länderübergreifende Ermittlungseinheit zu machen. Mit weitgehenden Befugnissen. Bei der alle Informationen zusammenliefen. Und die zur Tarnung auch mit Alltagskriminalität in Frankfurt und der gesamten Region beschäftigt war.

Schnell hatte sich daraus eine enge internationale Zusammenarbeit mit anderen Polizeien ergeben. Was der

Bekämpfung von Kleinkriminalität als Deckung nicht besonders förderlich war.

Inzwischen arbeitete die gesamte Mannschaft von „OK" mit relativ geringen bürokratischen Hürden europaweit gegen das den Kontinent umspannende, hochmodern ausgerüstete Verbrechen. Zu spät, fanden viele Beamte, komme diese Einsicht. Denn die Organisierte Kriminalität verfüge über fast unbeschränkte Mittel. Ebenso wie technische Ausrüstung. Wovon die Polizei nur träumen konnte.

Die europaweite Zusammenarbeit hatte zunächst zu Reibungsverlusten geführt. Zu verschiedenartig waren die Charaktere der Beamten und die Strukturen ihrer Polizeibehörden gewesen. Zu groß die Unterschiede auch in der Auffassung von moderner Polizeiarbeit. Doch jetzt war man auch auf dieser Ebene ein eingespieltes Team. Die Ermittler respektierten einander, bei allen Unterschieden in den Ansichten und in den Methoden.

Wichtig war von Anfang an gewesen, die alten Kontakte in die neue Arbeit zu integrieren. Wolf und die Stein hatten da ein persönliches Problem: „Rhoddlyn der Ami". Diese schillernde Figur aus der Frankfurter Drogenszene war für OK Hilfe und Hemmnis zugleich. Keiner wusste genau, wer und was er war. Er gammelte seit „ewigen Zeiten" in der Scene. Gab der Frankfurter Polizei häufig wertvolle Tipps. Aber nur über Klaus Wolf. Der Fahnder aus dem Drogenkommissariat war in den Polizeikreisen der Mainmetropole der Einzige, der die Hintergründe dieses stets verschlossen wirkenden Mannes kannte.

Petra Stein hatte noch immer fast sofort Krach mit dem Machotyp. Der sie „flotter Käfer" oder „Herzchen" titulierte – nachdem er raushatte, dass und wie sehr sie sich darüber ärgerte. Inzwischen hatte sie gelernt, Rhoddlyn besser einzuschätzen. Ihr kam sogar, andeutungsweise, einiges über die Hintergründe des Amerikaners zu Ohren.

Rhoddlyn, in Wirklichkeit Undercoveragent der amerikanischen DEA, war in die Frankfurter Scene als „Schläfer" eingeschleust worden. Um dort international operierende Verbrecherorganisationen zu beobachten. Der Langzeitagent der Drug Enforcement Agency hatte besondere Vollmachten. Wie besonders, wussten nur der US-Generalkonsul in Frankfurt und die Spitzen seiner Sicherheit.

Für Klaus Wolf war und blieb Rhoddlyn ein bedeutender Helfer. Ob es um Drogen oder um Menschenhandel ging. So war es auch selbstverständlich, sich an Rhoddlyn zu wenden, als die Sache aus Teplice hochkochte.

Was dann kam, war typisch für Rhoddlyn. Er handelte. Informierte sich gründlich. Aus Quellen, die er nie preisgab. Und gab dann wie selbstverständlich sein Wissen an Klaus Wolf weiter. Was folgte, war routinierte Zusammenarbeit. Die sich auszahlte. Nicht zuletzt für die Kollegen von „Pan Tau".

Denn die Verbindungen der Amerikaner in der DEA reichten inzwischen von der Drogenkriminalität bis hin zum organisierten Menschenhandel. Leidvolle Erfahrungen mit einer UN-Kommission hatten sie gelehrt, dass ihre Soldaten auf dem Balkan nicht nur ihre Friedensmission erst nahmen, sondern sich auch fantastisch aufs Geld verdienen verstanden. Letzteres sogar in manchen Einheiten in den Vordergrund gerückt war.

„Warum", hatte man sich schon früh in der DEA gefragt, „sollen unsere heimischen Kriminellen nicht längst das Militär für ihre Aktivitäten entdeckt haben?" Sie hatten. Tiefer greifend, als man es in der militärischen Führung der unterschiedlichen Einheiten wahrhaben wollte. Längst saßen an den Schaltstellen der Versorgungseinheiten Männer – aber auch Frauen – die in den mafiosen Strukturen der amerikanischen Metropolen das Einmaleins der Korruption gelernt hatten.

Für Polizei und Geheimdienste in ganz Europa ging das alles viel zu schnell. Die Vorgänge auf dem Balkan und in den GUS-Staaten ließen Verbrecherorganisationen aus den USA wie Osteuropa schneller zusammenkommen, als die Sicherheitsbehörden mit ihrer verkrusteten Bürokratie an so etwas dachten.

Um das neue Europa unter sich aufzuteilen, scheuten die Gangster weder Kosten noch Mühe noch Leichen. Denn sehr schnell hatten die unterschiedlichen Gangs herausgefunden, dass im neuen Europa Geld zu holen sein würde. Sehr viel Geld.

So hatte schon in den ersten sechs Monaten 1992 die Mafia in den neuen Bundesländern mehr als 250 Milliarden Euro gewaschen. Das sagte der damalige Leiter des Wiesbadener Bundeskriminalamtes, Zachert. Unwidersprochen in einer öffentlichen Erklärung vor der Presse.

Diesen Markt wollten sich weder die Amerikaner noch die traditionell in Europa operierenden Banden entgehen lassen. Ebenso wenig die russischen Gangs. Die es offiziell vor dem Zerbrechen der UdSSR nicht gab. In Wirklichkeit waren/sind sie jedoch an Brutalität und Wirksamkeit sogar den amerikanischen Mafiafamilien, der Cosa Nostra oder der neapolitanischen Camorra, um

Lichtjahre voraus. Nicht zuletzt, weil ihre Spitzenmänner zum größten Teil aus den militärischen Führungskadern kamen.

Amerikaner aus Kalifornien (Drogenmafia), Russen (Waffen/Mädchenhandel) taten sich sehr schnell mit deutschen White-Collar-Kriminellen zusammen. Sie wollten vor allem im Drogen- und dem Mädchenhandel ihre Geschäfte gemeinsam machen. Des höheren Profites sowie der geringeren Risiken wegen. Bevor die traditionell in Europa dieses Geschäft betreibenden kriminellen Organisationen auf die Idee kommen konnten, den Gewinn für sich selbst zu reklamieren.

Weil trotz aller Diskretion von den Neuen mit brutalen Auseinandersetzungen zwischen ihnen und den europäischen Stammgangs um die neuen Absatzmärkte sowie die eingelaufenen Vertriebswege gerechnet wurde, bildeten die Gangster selbst eine „Eingreiftruppe". Sie rekrutierte sich aus ehemaligen Sowjetsoldaten, die in der DDR stationiert waren. Also Ortskenntnis im Ostblock bis über den Bosporus weit in die Türkei hinein hatten. Sie sollten im Ernstfall die Interessen der neuen Herren mit Waffengewalt gegen die unliebsame Konkurrenz verteidigen. Was auch erfolgte.

📖

Der Muton Rothschild war vom Edelsten, was der Keller zu bieten hatte. Die Trüffel feinster italienischer Herkunft. Und die aus ihr komponierte Pastete meisterlich zubereitet. Wie es sich für eines der ersten Häuser am Platze gehört. Nicht umsonst hatte man das noble Baden-Baden als Treffpunkt gewählt. Die Herren, die sich hier trafen, waren nicht ganz so nobel. Wenigstens an den Maßstäben des Hauses gemessen, in dem sie an mit feinem Damast gedeckter Tafel dinierten.

Doch dafür hatten sie Geld. Viel Geld. Übrig. Das wollten sie anlegen. Gewinnbringend. Ihr Ziel: Europa unter sich aufteilen. Und den Amateurgangstern des alten Kontinents zeigen, was Ost-West-Vereinigung bedeutet. Wenn die richtigen Leute aus Chicago und Moskau sie in die Hand nehmen.

Heute ging es zunächst um Grundsätzliches. Ein Standort musste gefunden werden, von dem aus alle Aktionen zentral zu steuern waren, unauffällig für die Polizei allemal. Aber auch für die Politiker, die wichtigste Zielgruppe.

„Wir werden als Erstes eine Kapitalgesellschaft, am besten eine GmbH, gründen. Die soll in den neuen Bundesländern investieren. Firmen aufkaufen. Auch solche, die keiner will, weil sie nichts einbringen. Außer uns den seriösen Anstrich", warf der Baden-Badener Gastgeber zwischen einem Happen Trüffel und einem Schluck Wein in das dahinplätschernde Gespräch.

Seine Kollegen schauten verblüfft. „Wir brauchen Logistik. Lkw, Fahrer, legale Transporte. Vollgestopft mit unserer Ware. Im Osten gibt es noch kaum geschulte Beamte. Kaum Drogenhunde. Aber willige Fahrer. Die was riskieren. Und bestechliche Beamte aus den alten Stäben. Alle diese Voraussetzungen habe ich."

Wichtig sei auch, einen klangvollen Namen an erster Stelle auf dem Briefpapier und den anderen Firmenunterlagen zu haben. Das öffne Türen, mache die Unbedarften sicher. Und schütze im Ernstfall vor unliebsamen Überraschungen. Denn wer werde sich schon an einem

Politiker vergreifen, der etwas für den Osten des vereinigten Deutschlands und die angrenzenden neuen Verbündeten zu tun gedenke?

Der Russe Gregorius Nikolaij nickte. Er wusste nur zu gut. Was er in den letzten Monaten auf eigene Rechnung mit dem Deutschen an Waffen verschoben hatte, würde ihm ein sorgenfreies Leben sichern. Aber er wollte mehr. Er wollte alles. Und das sofort. Ohne Umwege. Menschenleben, zumal anderer, zählten dabei für ihn nicht viel. Zu lange hatte er in den Straflagern Sibiriens gelernt, wie viel ein Menschenleben wert war. Wenn erst einmal der Lebenswille gebrochen und der Körper verschlissen war.

Wo lag da der Unterschied? Der Unterschied zwischen dem, was der Staat, dem er jahrzehntelang diente, tat, und dem, was er jetzt tun würde? Vermutlich besser bezahlt, als die Bonzen aus den roten Schaltzentralen der Macht sich je hatten träumen lassen.

Die alten Werte hatten ausgedient. Mit ihnen die Bonzen von damals. Die jetzt irgendwo im Westen oder wo auch immer saßen und ihr erpresstes Gut verlebten. Gut verlebten. Und das wollte Gregorius Nikolaij auch.

Mit seiner Frau? Zunächst einmal ja. Denn sie hatte lange genug geholfen, seine Geschäfte zu machen. Und sie würde nicht so dumm sein, aufzumucken. Jetzt, wo es ihnen so gut ging. Da würde sie, weil sie musste, sogar schweigen, wenn er sich seine junge Geliebte ins Haus holte. Als Stubenmädchen würde das dralle Mädchen aus dem Kaukasus in seinem Zimmer das ihre tun. Er schreckte aus diesen angenehmen Gedanken hoch, als das falsetthohe Lachen des Italieners durch den Südstaatenslang unterbrochen wurde.

„Drogen und Waffen allein bringen heutzutage nicht genug Geld." Dieser Meinung der Kalifornier hatten weder Italiener noch Österreicher noch der deutsche Gastgeber etwas entgegenzusetzen. Man werde sich auch mit Mädchen beschäftigen müssen. Willigen Frauen, die für wenig Geld viel arbeiteten. In den Bordellen der Großstädte des Westens.

Aber noch wichtiger: in den bei Politikern so beliebten feinen Wohnungen der diskreten Kurtisanen. Die zu schweigen und zu kassieren verstehen. Die dort Mrs. Warrens Gewerbe, wenn nicht freiwillig, dann eben mit Druck, nachgehen. Bis sie das feine Leben zu genießen gelernt haben.

Der Osten sei noch unverbraucht. Seine Erotik könne den früheren Reiz der Thais und der Frauen aus den Philippinen ersetzen. Wenigstens einige Jahre. Meinte der Österreicher aus seiner Wiener Erfahrung. Unterstützt von seinen Gesprächspartnern aus Deutschland und Italien. „Rosen aus dem Osten" – das sollte die neue Devise werden. Ohne voneinander zu wissen, benutzten zwei ganz unterschiedliche Organisationen den gleichen Begriff. OK für seine Ermittlungen zwischen den Aktendeckeln von Klaus Wolf und Gregorius Nikolaij in der neuen kriminellen Struktur.

Seit der Balkan unsicher sei, beklagte sich einer der Mafiabosse, ein Italiener aus Kalifornien, könne man nicht mehr unproblematisch Heroin über die Türkei und Griechenland in die EU bringen. Deshalb müsse man auch hier was machen. Er meinte, einen Albaner an der Hand zu haben, der schon zu Zeiten des stalinistischen Regimes als Schmuggler das Seine getan habe.

Nikki, der Italiener aus Chicago schüttelte nur den Kopf. „Das geht viel einfacher: mit den KFOR-Truppen. Die brauchen selbst Mädels und Stoff. Dann sind sie auch geneigt, uns weiter zu helfen. Vor allem haben die längst erkannt, Heroin ist out. Kokain ist die Droge der Wahl, Extasy zwar sehr beliebt bei jüngeren Leuten. Aber im Handel hoch gefährlich."

📖

Auch wenn sie es sich gewünscht hatten: Das Treffen der noblen Herren war nicht unbemerkt geblieben. Nicht zufällig hatte sich in einer Seitenstraße in Sichtweite des Nobelrestaurants ein unauffälliger Lieferwagen postiert. In dem grauen Kastenwagen verborgen saßen Spezialisten. Hoch qualifiziert und mit modernster Technik ausgerüstet. Technik, von der deutsche Polizisten nur träumen konnten.

Begonnen hatte dieser Einsatz mit einer Information. Experten der DEA waren in den USA auf eine neue Connection gestoßen, von der man in der Drug Enforcement Agency noch nicht viel wusste. Dem wollte man mit allen Mitteln abhelfen. Auch wenn es weiter geheißen hatte, die neue Connection wolle sich nur auf Europa konzentrieren. Ihr Hauptsitz sei in Frankfurt am Main. Aber so etwas kann sich gerade in diesen Kreisen schnell ändern.

Ein übergelaufener russischer Spion hatte in Washington den ersten Tipp gegeben. Er sprach davon, dass einige ranghohe Offiziere aus der DDR sich nicht zurück in die GUS versetzen lassen wollten. Sondern ihren Abschied nähmen. Um sich mit lukrativen Geschäften ein feines Leben zu machen. Einige seien untergetaucht. Einfach weg. Nachdem sie mit einem Kaufmann aus Baden-Baden erstaunlich gute Kontakte geknüpft hatten.

Dieser „Kaufmann" hatte im Frankfurter Milieu früher schon eine nicht unbedeutende Rolle gespielt. Dann quittierte er angeblich den Dienst und setzte sich in der noblen Kurstadt Baden-Baden als Privatier zur Ruhe.

Inzwischen sei den russischen Gentleman der Boden wegen ihrer Geschäfte auf dem Balkan zu heiß geworden. Daheim seien nämlich bei der Rückverlegung Uralt-Waffen angekommen. Die aus ebensolchen Verkäufen an den unsicheren Kantonisten Tito stammten.

Weg waren dagegen modernste Waffen. Nicht nur Pistolen oder Gewehre und Handgranaten, sondern auch Kanonen, Panzer sowie dazugehörige Munition. Ebenso wie Nachtsicht- oder Ortungsgeräte. Ob alle diese schönen neuen Waffen im ehemaligen Jugoslawien gelandet seien, durfte bezweifelt werden.

Die Informationen deuteten nach Medellín in Kolumbien. Aber auch nach Chicago, Los Angeles, Baden-Baden und nach Frankfurt. Wobei zunächst nicht klar war, ob das an der Oder oder das am Main gemeint war.

Immer wieder tauchten Verbindungen nach Prag und nach Teplice in den geheimen Dossiers der gegen die organisierte Kriminalität kämpfenden Experten der Polizei auf. Doch auch die DEA, bei der alle Informationen zusammenliefen, konnte zunächst kein klares Bild gewinnen. Ständig war in den unterschiedlichen Quellen die Rede von einem geheimen Treffen in Deutschland, bei dem die Unterwelt ihre Absprachen festmachen wollte.

Dank der vorzüglichen Verbindungen der DEA in Frankfurt war der Treffpunkt nicht lange ein Geheimnis geblieben. Die amerikanischen Sicherheitsexperten konnten in Baden-Baden mit tatkräftiger Unterstützung von Rhoddlyn und Klaus Wolf ihre Vorbereitungen rechtzeitig treffen. Vor allem aber unauffällig.

Und so entging ihnen kein Wort. Auf den sich monoton drehenden Spulen der Tonbandmaschinen wurde das gesamte Treffen aufgezeichnet. Illegal von hochempfindlichen Funkmikrofonen. Die geschickt im für das geheime Treffen reservierten Saal des Nobelhotels platziert waren. Ebenso wie einige Kameras. Von beidem wusste in dem noblen Haus niemand etwas.

Was sich für die deutsche Polizei als Glücksfall herausstellte. Und Informationen aus dem Innenministerium in Prag vorzüglich ergänzte. Von dort war an das Bundeskriminalamt ein erster Hinweis auf eine Diskothek in Prag gekommen.

An Klaus Wolf kam mehr. Von „Pan Tau" wurden die neuesten Details zu einem Mädchenhändlerring nach Frankfurt gegeben. Verdacht auf Menschenhandel hieß es dort. Aber „große Kriminalität"? Da war man nicht sicher. Man bat, mit den Informationen noch streng vertraulich umzugehen. Aber ziemlich sicher seien sie doch schon. Wenn auch noch nicht alle Beweise stichhaltig zusammenpassten. Was nach der Aktion in Baden-Baden anders wurde.

Was Rhoddlyn und Klaus Wolf am dieser Aktion folgenden Wochenende willkommenen Anlass zu einem ausgedehnten Saufabend in Baden-Baden gab. Ohne Petra Stein. Die schmollend in ihrem einfach möblierten Zimmer eines preiswerten Hotels saß. Einerseits, weil sie nicht mitdurfte. Und andererseits, weil auch das Fernsehen nichts hergab.

📖

Petra Stein war eine liebe Kollegin. Vor allem eine gute. Denn als am Montag nach der Sauftour sowohl Rhoddlyn als auch Klaus Wolf noch wie tot im Wolf'schen Zimmer lagen, saß sie schon am winzigen Schreibtisch ihres Zimmers. Wertete die Kontakte mit der Sondereinheit „Pan Tau" aus. Ordnete Unterlagen, reihte alles so ein, dass sich in der Akte „Rosen aus dem Osten" ein Bild abzuzeichnen begann.

Vor allem verglich sie Namen. Namen, die sie während ihrer Tätigkeit in der Sitte bei ihren dienstlichen Streifzügen im Frankfurter Milieu irgendwo aufgefangen hatte. Und die jetzt, wenige Jahre später, plötzlich wieder Bedeutung gewannen. Sie wusste selbst nicht, warum sie in ihrem Handköfferchen die alten Handakten mit den vielen Namen mitgeschleppt hatte. Es war wohl eine Ahnung gewesen.

Als der sichtlich verkaterte Klaus Wolf auftauchte, machte sie sich einen Spaß daraus, seinen Brummschädel auszunutzen. Mit hoher, vor allem lauter, Stimme trug sie ihm vor, was sie inzwischen zusammengetragen hatte.

„Wann lernst Du es endlich", maulte Klaus Wolf, „Du bist nicht mehr meine Vorgesetzte, sondern wir sind gleichberechtigte Partner. Also hör' auf, mich zu nerven!" Welche Unterstellung die attraktive Kommissarin so weit wie laut von sich wies.

Klaus Wolf war in versöhnlicher Stimmung. Wie meistens, wenn er in Begleitung eines mächtigen Katers war. Er erzählte sogar von der abendlichen – „besser nächtlichen" – warf Petra Stein ein, Tour durch das, was Baden-Baden als „Nachtleben" für die Brieftasche der Beamten zu bieten hatte.

„Dabei ist mir etwas Merkwürdiges passiert", sagte Wolf in seinen Kaffeebecher hinein. Petra Stein war ganz Ohr. Dies war die Stimmung, in der ihr Kollege von seinen früheren Amouren zu erzählen pflegte.

An der Bar habe sie gesessen. Schwarze Locken bis zur Schulter. Wie damals. Petra Stein nickte aufmunternd.

„Genau das, worauf Du stehst", stellte sie aus Erfahrung schöpfend fest. „Da hat der arme Rhoddlyn ja alleine saufen müssen", säuselte Petra.

Klaus Wolf ging auf diesen leicht neckenden Ton ein. „Nein", sagte er, „einmal Finger verbrannt – dann nie wieder. Aber die Ähnlichkeit war schon verblüffend. Nicht nur im ersten Moment ..."

„Vielleicht war sie es sogar – kann man ja nicht wissen", meinte die Kommissarin. Wolf schien schlagartig nüchtern zu sein. „Das Ambiente; es könnte passen. Das Verhalten auch. Aber dann wäre sie vermutlich ins Geschäft eingestiegen. Leichtlebig war sie ja schon immer." Nur wie sollte die junge Frau aus Darmstadt nach Baden-Baden gekommen sein? Dann auch noch ausgerechnet Klaus Wolf bei einem ungeplanten Zug durch die Kneipen abgepasst haben?

Das Interesse Petra Steins ging jetzt über das Privatleben des „Casanovas mit der Hundemarke" hinaus. „Wir sind in einer Phase, da müssen wir sogar im verschlafenen Baden-Baden mit allem rechnen", sagte sie bestimmt. „Wenn Du sie aus Frankfurt kennst und den Verdacht hast ... Wie habt ihr euch kennengelernt?"

Die Erinnerung habe ihn jäh und aus dem Hinterhalt der Gemütlichkeit heraus überfallen. Während er mit Rhoddlyn in der Barnische auf Bier wartete. Es war ihr Gesicht: umrahmt von schwarzen Locken, mit Stupsnase und weit auseinanderstehenden Augen.

Sie hatten sich mit dem Wirt unterhalten. Calvados getrunken und sich über einen Vorfall in der Bundesliga lustig gemacht. Fast wie damals in der Kneipe in Darmstadt. Heike hatte die Frau dort geheißen. Die hier in Baden-Baden hatte ihr unnachahmliches überhebliches Lächeln von damals gelächelt. Und ihn damit provoziert.

Er hatte sie damals in Darmstadt regelrecht angeschnauzt, als sie seine überlegene Weisheit infrage stellte. Doch ihr war das egal gewesen. Sie hatte weiter gelächelt. Und sagte nur: „Ich trinke Bensheimer Streichling". Das hatte den damaligen Drogenfahnder Wolf umgeworfen. Er zahlte ihr einen Wein. Und noch einen. Und noch einen.

Später hatten sie sich über alltägliche Dinge unterhalten. Banalitäten. Die Liebe. Und waren, als die Kneipe schloss, zu ihm in die Wohnung gegangen. Wo sich Heike, inzwischen hatte er sich sogar ihren Vornamen gemerkt, als wahrer Vulkan entpuppte.

Später zeigte sich, dass nicht nur er in den Genuss dieser Glut gekommen war und kam. „Da hast Du Dir ein schönes Flittchen aufgegabelt", warnte ein Kollege aus der Sitte der, wie er, aus Darmstadt kam. „Die ist bekannt wie ein bunter Hund."

Klaus Wolf hatte das nicht wahrhaben wollen. Doch der Verdacht nagte. Bis er zur Gewissheit wurde. An einem Abend zu fünft. Heikes Freundin hatte außer ihrem Freund noch einen „Bekannten" mitgebracht.

Klaus war sehr früh müde geworden an diesem Abend. Honigsüß hatte Heike verständnisvoll einen Kuss auf sein Ohr gehaucht, während sie säuselte: „Zahl' doch und leg Dich schon mal schlafen. Ich komme bald nach."

Aus dem bald war der nächste Morgen geworden. Und Heike sah aus wie etwas, was die Katze nach einer Regennacht ins Haus schleppt. Das war ihr letztes gemeinsames Frühstück gewesen.

Dann hatte er sie schnell vergessen. „Es hat mich nur Geld gekostet", sagte er jetzt zu seiner Kollegin. „Und eine Schramme an der Seele. Aber eine mehr oder weniger ..." Petra Stein war da anderer Ansicht. Doch das behielt sie für sich. Laut fragte sie: „Was diese Heike später gemacht hat; Du hast sie aus den Augen verloren?"

Klaus Wolf schüttelte den Kopf. Sie habe ihre Stelle in der Verwaltung ihrer Heimatstadt aufgegeben und sei zu einer Bank in Frankfurt gegangen. Wo es mehr Geld für weniger Arbeit gegeben habe.

Und ihr nächtliches Leben sei wilder denn je geworden. Sie habe sich mit jüngeren Männern abgegeben. Bis er sie aus den Augen verlor. Es sei ja genug los gewesen in seiner eigenen Biografie.

Was seine Kollegin nur zu gut wusste. Obwohl er nur ungern über das Ende seiner Karriere als verdeckter Ermittler in der Drogenfahndung sprach. Als ein junger, „progressiver" Richter ihn, den verdeckten Ermittler, mit voller Absicht im Gerichtssaal „verbrannte". Weil er im Zeugenstand den vollen Namen und seine private Adresse nennen musste.

Entschieden schüttelte Petra Stein den Kopf. „Die Frau", dehnte sie, „könnte es doch kein Zufall sein, dass sie hier auftaucht? Nach allem, was wir wissen. Warum soll sie nicht hier für unsere Freunde von der anderen Seite? Du bist nun mal ein Gewohnheitstier, das nach dem Motto lebt: „Was gut war, kommt wieder". Deshalb bist Du bestimmt nicht abgeneigt ..."

Jetzt war es Klaus Wolf, der den Kopf schüttelte. „Nix. Das war zu hart. Aber das sind mir jetzt doch zu viele Zufälle. Wir sollten mal losziehen."

Das Ansinnen Wolfs, dabei mitzumischen, wies Petra Stein brüsk zurück. „Dann haben wir keine Chancen", winkte sie ab. Es sei klüger, wenn sie das zusammen mit Rhoddlyn übernehme und er weiter die Rolle des Galans spiele. „Du fürchtest nur, gegen die Konkurrenz nicht bestehen zu können", konterte er. Was Petra Stein im Stillen erfreute. Denn immerhin gab ihr Kollege damit zu, dass sie durchaus Konkurrenz für seine Eroberungen außerhalb des Dienstes war.

📖

Weiter wurde über dieses Thema nicht mehr geredet. Wolf machte sich am Abend auf den Weg in die Bar, um vielleicht die fremde Schöne der Nacht wieder zu sehen, die so auffällig seiner verflossenen Flamme geglichen hatte. Es zeigte sich sehr schnell, dass er mit seiner Vermutung nicht falsch gelegen hatte.

Die Frau saß wieder in der Bar, ähnelte seiner verflossenen Flamme fast aufs Haar. Doch sie sprach mit einem eindeutigen Akzent. Einem, der im Osten Europas die Zunge prägt. Aber sie war zu gut angezogen, um nicht schon länger im goldenen Westen zu leben.

Jedenfalls hatte es für Klaus Wolf zunächst diesen Anschein. Ihr Name war Wanja. Ein Alltagsname meinte Petra Stein. Im Osten so üblich wie im Westen Anna oder so. Damit könne man nicht viel anfangen, war sich das Trio einig.

Anders wurde diese Einschätzung erst, als Petra Stein und Klaus Wolf per Laptop ihre Unterlagen aus Frankfurt im Internet abriefen. Da hatte inzwischen „Pan Tau" die Erfahrungen ins internationale Polizeinetz eingestellt, die Ivanka und Wanja in dem Dorf bei Teplice gemacht hatten. Wolf entschloss sich, die Erfahrungen mit „seiner Wanja" in Baden-Baden ebenfalls ins polizeiliche Euronet zu stellen.

Der Computer reagierte schneller, als alle erwartet hatten. Von „Pan Tau" kam unmittelbar die Bitte um ein Bild dieser „Wanja", die Klaus Wolf so beeindruckt hatte. Dem Wunsch sei umgehend zu entsprechen, warf Rhoddlyn in die Debatte zwischen Petra Stein und Klaus Wolf ein. „Vielleicht haben wir damit den Faden in der Hand, der uns in das Labyrinth des Mädchenhandels führt."

Es erwies sich als gar nicht so leicht, ein Foto von dieser „Wanja" zu schießen. Obwohl sie kein Hehl daraus machte, gern mit Klaus Wolf zusammen zu sein. In sein Zimmer wollte sie auf keinen Fall mitkommen. Und ein

„Erinnerungsfoto" verbat sie sich kategorisch. Die Beamten griffen deshalb auf ihre bewährten verdeckten Methoden zurück.

Das Bild wurde in Frankfurt mit einer alten Aufnahme vergleichen, die Klaus Wolf mit seiner damaligen Freundin Heike zeigte. Verblüfft rieben sich die Auswerter die Augen. Denn beide Frauen glichen sich wie eineiige Zwillinge. Wanja konnte allerdings mit Heike nicht identisch sein, das ergaben die Fingerabdrücke der in Baden-Baden auftretenden Frau.

Die Baden-Badener Wanja war in der früheren Tschechoslowakei mehr als einmal erkennungsdienstlich behandelt worden. Hieß auch nicht Wanja und sie war auch keineswegs die Wanja, mit der Gregors Schwester Ivanka zusammen gekidnappt worden war.

Eindeutig: Diese Wanja in Baden-Baden hatte in Prag als Nobelprostituierte gearbeitet. Bis zur Übersiedlung nach Deutschland. Hier hatte sich ihre Spur verloren. Bis sie jetzt in Baden-Baden auftauchte. Sichtlich gut gekleidet und nicht in ärmlichen Verhältnissen lebend. Woher ihr Geld stammte, war unklar. Schnell war deutlich, dass sie mehrere Aliasnamen benutzte.

Ziemlich unklar blieb für Klaus Wolf auch, was die junge Frau tagsüber trieb, wenn sie nicht in den Bars der feinen und weniger feinen Hotels anzutreffen war. Petra Stein ordnete, ohne ihren Kollegen zu informieren, eine 24-Stunden-Observation für die nicht mehr ganz junge Frau an.

Wenig begeistert machten sich einige Spezialisten aus dem noblen Kurort an diese Arbeit. Ihnen gefiel nicht, dass eine Frankfurter Polizeiorganisation ihnen Anweisungen geben konnte – und dass diese auch noch von einer Frau ausgingen. Zu allem Überfluss war es außerdem ein Kollege, der überwacht werden sollte. Zwar ein Frankfurter Beamter, aber immerhin a) ein Mann und b) ein Kollege.

Sie wunderten sich, wie brav sich Klaus Wolf nach einem Kneipenbummel von Wanja verabschiedete, als sie in einen ebenso ungewaschenen wie unauffälligen Mittelklassewagen stieg. „Bei dem Getue von OK hätte ich mindestens ein flottes Cabrio erwartet", murmelte einer von ihnen. Dann hängten sie sich wortlos an die Stoßstange des ungepflegten Wagens, der zügig durch Baden-Baden fuhr.

In der Nähe des Festspielhauses bog die Dreckschleuder mit Wanja am Steuer in Richtung Caracallathermen ab. „Die will nach Gaggenau", vermutete einer der beiden observierenden Kriminalbeamten. „Oder auch nicht", meinte der andere wenig geistreich. „Es gibt noch genug Möglichkeiten, wo die hinkann, ohne aus der Stadt zu müssen."

Wanja wollte aber offensichtlich doch aus dem Kurort heraus. Sie fuhr immer geradeaus durch Selbach. Plötzlich waren ihre Verfolger hellwach. Kurz vor dem Ortsausgang Richtung Gaggenau zog sie den Wagen, ohne zu blinken, mit quietschenden Reifen in eine abzweigende Straße. In dem in tiefstem Schlaf liegenden Wohnviertel fuhr sie mit hohem Tempo in eine weitere Seitenstraße, bog erneut in Richtung Baden-Baden ab.

„Verfolgung zu Ende", fluchte der Fahrer des zivilen Polizeifahrzeugs. „Keineswegs", meinte sein Kollege. „Die hat hier versucht, etwaige Verfolger abzuhängen. Vielleicht hat sie sogar was mitbekommen. Wir fahren die Seitenstraßen ab. Wenn sie es nicht geschafft hat, schnell in einer offenen Garage zu verschwinden, sind unsere Chancen gar nicht so schlecht."

Sein Kollege pflichtete ihm bei. Mit hoher Geschwindigkeit fuhren auch sie durch die dunklen Straßen. „Achtung!" Der Beifahrer schrie fast. „Da vorne steht ihr Auto. Vor dem Haus drüben auf Deiner Seite." Als hätten sie nichts bemerkt fuhren die Beamten weiter. Sie versteckten sich und ihren Wagen in der Parkbucht vor einem gepflegten Einfamilienhaus.

Lange brauchten sie nicht zu warten. Dann öffnete sich gegenüber die Haustür. Heraus kam eine Frau, die nur die Figur mit der von ihnen verfolgten Wanja gemeinsam zu haben schien. Aus der Schwarzhaarigen im halblangen Rock war eine Blondine in knallengen Jeans und ebensolchem Polohemd geworden. Die Frau ging auf die Garage zu, öffnete mit einer Fernbedienung das linke Tor, verschwand im Dunklen.

Wenig später schoss ein roter Alfa Romeo aus der Einfahrt, sauste an den wartenden Polizisten vorbei. Die machten sich genau noch rechtzeitig wieder an die Verfolgung. Sahen, wie der Sechszylinder mit hohem Tempo in Richtung Gaggenau brauste.

Es wurde Zeit, Verstärkung anzufordern. Gaggenauer Kollegen meldeten sich kurz darauf über Funk: „Wir haben Euern Alfa Cabrio auf der B 462 in Richtung Rastatt, direkt Richtung Autobahn."

Sehr unsanft von Petra Stein aus dem Schlaf gerissen war Klaus Wolf mürrisch. „Nein", brummelte er. „Ich weiß nichts davon, was Wanja heute Nacht noch vorhat. Ich weiß ja nicht mal, wo sie wohnt. Wir verabschieden uns immer am Festspielhaus."

Wenig professionell fand Petra Stein, was ihr Kollege über seine Flamme in Erfahrung gebracht hatte. „Sie arbeitet als Informatikerin in einer Softwarefirma, mehr hat sie nicht gesagt. Dabei verdiene man zwar ganz gut, sei hin und wieder aber auch zu plötzlichen Reisen gezwungen."

„Genau so eine hat sie eben angetreten", stellte Petra Stein lapidar fest. „Mit einem Höllentempo und einem Wagen …", sie schnalzte mit der Zunge, „mit dem würde ich mit Dir nicht in den Dienst, sondern allenfalls zum Picknick an einem verwunschenen See fahren."

Wolf war irritiert. „Mir hat sie gesagt, einen besseren Wagen könnte sie sich nicht leisten, weil sie ihre Familie daheim unterstützen müsse. Die hätten sich ihr Studium vom Munde abgespart und jetzt sei es nur …"

„Papperlapapp", unterbrach ihn seine Kollegin. „Die unterstützt bestimmt eine Familie. Aber die hat sich ihre Ausbildung nicht vom Munde abgespart, sondern sitzt in Moskau oder Los Angeles oder meinetwegen auch Chicago und wird von uns als Mafia bezeichnet."

„Woher willst Du das wissen?" Wolf war irritiert. Seine Kollegin schenkte ihm reinen Wein ein. „Du warst unser Lockvogel. Auf Dich war entweder die Dame angesetzt oder hat sich ungewollt von Deinem Charme zu Unüberlegtem hinreißen lassen. Auf jeden Fall ist sie in was Kriminelles verstrickt. Da ist sich auch unser großer Boss Horn sicher."

Etwas belämmert, anders konnte man es nicht beschreiben, guckte Klaus Wolf aus der Wäsche. „Ihr hättet mich wenigstens informieren können", maulte er nun gar nicht mehr schläfrig. „Ging nicht", konterte die Stein, „dann wärst Du nicht mehr unbefangen gewesen."

Plötzlich ergänzte sie: „Und was da abging, oder hätte gehen können, ist mir verdammt nicht einerlei." Die Blicke der beiden Kommissare trafen sich. Beide sahen schnell zu Boden.

Inzwischen hatten ihre Kollegen aus Gaggenau, denen die Unterbrechung ihrer nächtlichen Routine gar nicht unwillkommen war, den flotten Flitzer mit Wanja am Steuer bis zur Autobahnauffahrt Rastatt beobachtet, vorsichtshalber auch die Autobahnpolizei verständigt. Der Wagen war auf einen renommierten Autoverleih zugelassen. Von dem Kennzeichen waren also keine weiteren Rückschlüsse zu erwarten.

„Es sieht alles danach aus, als ob sie nach Frankfurt wollte", meldete sich die Autobahnpolizei per Funk. Die hat ein Höllentempo drauf und fährt absolut rücksichtslos, mit rechts überholen und drängeln. Wir könnten sie uns ja fischen …"

Petra Stein hatte Bedenken. „Beschränkt Euch lieber auf die Observation", bat sie. Denn Anweisungen konnte sie der Autobahnpolizei nicht geben. Wenn die Beamten der Meinung wären, von der Fahrerin und ihrem Cabrio gehe eine Gefahr für andere Verkehrsteilnehmer aus, könnten sie jederzeit zugreifen. Ohne Rücksichten auf OK und „übergeordnete Interessen".

„Aber ihre Verwandlung ist schon erstaunlich", sinnierte Petra Stein. „Diese Wanja hat Dich voll hinters Licht geführt." Ihr Kollege konnte nur nicken. „Wenn ich ehrlich bin, hatte ich mir tatsächlich so etwas wie Hoffnungen gemacht. Aber die ließ sich ja nicht gehen. Blieb immer kontrolliert, selbst wenn ich sie küssen wollte …" Petra Stein ließ sich ihre Erleichterung nicht anmerken. Sondern wandte sich praktischen Dingen zu.

„Wir müssen dieser Wanja ein Observationsteam von uns verpassen, sobald sie über die hessische Landesgrenze ist. Früher werden wir es nicht schaffen." Klaus Wolf nickte. Rief in Frankfurt an und gab die nötigen Informationen weiter. Seiner Stimme merkte man dabei nicht an, dass er eben nicht sein Herz verloren, sondern wieder einmal eine neue Liebe abzuschreiben hatte.

„Wir werden hier in Baden-Baden wohl nicht mehr viel erreichen", murmelte er, nachdem er den Telefonhörer aufgelegt hatte. „Dann sollten wir unsere Zelte hier sofort abbrechen und umgehend nach Frankfurt zurück", ergänzte die praktische Petra Stein. „Wenn wir sofort packen, sind wir zum Mittagessen schon in unserer gewohnten Kantine."

Auch wenn ihr Kollege von dem so schnellen Aufbruch nicht begeistert war, Klaus Wolf blieb nichts Anderes über, als in seinem Zimmer zu verschwinden, um zu packen. „Ich werde fahren", erklärte ihm Petra Stein wenig später. „Dann kannst Du in Ruhe Deinen Restalkohol abbauen."

📖

In einem der feineren Hotels der Mainmetropole, direkt an der Messe, hatte sich inzwischen Wanja aus Baden-Baden in einem komfortablen Zimmer häuslich eingerichtet. Auf dem Schreibtisch stand ihr Laptop und die Internetverbindung war hergestellt. Eine gesicherte Verbindung natürlich.

Über sie nahm Wanja Verbindung mit ihrer Kontaktadresse am Main auf. „Bin gut angekommen, wurde beobachtet; habe die Nasen abgehängt", schrieb sie knapp. Die Antwort auf ihre Meldung beunruhigte sie. Man müsse sie umgehend persönlich kontaktieren, hieß es lapidar.

Der mit übertragene Code wies einen Spaziergang am Museumsufer an. Sie sollte über den Eisernen Steg vom Mainkai aus kommen. Dabei werde man sie ansprechen.

Die anziehende Frau zögerte nicht, der Anweisung zu folgen. Kostüm und weißer Hut waren als Erkennungszeichen ausgemacht. „Nicht umdrehen", forderte in der Mitte des Steges eine sonore Stimme hinter ihr auf Russisch. „Drüben am Taxistand in den letzten Wagen steigen."

Als Wanja hinter dem Beifahrersitz im Fond des Wagens saß, lächelte sie der Fahrer im Rückspiegel an. „Schnell geklappt", freute er sich. „Wir müssen uns beeilen." Sie fuhren mit ziemlich hohem Tempo aus der Stadt in Richtung Dreieichenhain. Vor einem Gartenrestaurant in der Nähe der Burg setzte ihr wenig redseliger Fahrer sie ab. „Du wirst erwartet", brummte er. Kaum dass Wanja stand, fuhr der Mann bereits mit quietschenden Reifen an. Auf Bezahlung hatte er verzichtet.

Im Biergarten saßen zwei Männer allein mit gesenkten Köpfen an einem großen Tisch, starrten trübsinnig in das vor ihnen stehende Bier. Sie schauten kurz hoch und nickten wie auf Kommando, als Wanja auf ihren Tisch zuging. Sie setzte sich. Die Begrüßung war knapp.

„Nicht viel Zeit, wir müssen handeln", sagte der jüngere der Männer. „Du bist nicht verfolgt worden?" Seine Frage war eher eine Feststellung. Sie nickte, schüttelte dann den Kopf. „Was liegt an?" Begehrte sie zu wissen.

„Es Probleme gegeben", berichtete der ältere der Männer. „Haben faulen Apfel in Scheuer."

Wanja konnte sich aus diesem Gerede keinen Reim machen. Schüttelte verärgert den Kopf. „Wenn wir schon ein Treffen riskieren, muss ich genau wissen warum", schnappte sie. „Mit dummem Gerede kommen wir nicht weiter."

Der jüngere Mann bequemte sich, zu erzählen. Das ist alles Gregorius Nikolaijs schuld. Der hat die Sache hier angefangen."

„Die Sache", damit war ein nobles Bordell im Frankfurter Westend gemeint. Mit noblem Escortservice, der in der Hochfinanz sehr beliebt war. Dann hatten einige der Edelnutten begonnen, ihre Kunden zu erpressen. Was schnell zu Konsequenzen führte. Man war ins Visier der Polizei geraten.

Das erfuhr die bis dato von dem Vorfall noch nichts ahnende Wanja jetzt von dem Duo. Hier hatten Gregorius und ein Kollege aus der Wehrmachtszeit begonnen, junge Mädchen als Prostituierte unterzubringen. Keine älter als höchstens 22 Jahre.

„Warum haben wir nichts davon erfahren?" Wanja war sauer. „Dem muss ich weiter nachgehen. Denn wenn da jetzt was passiert, kann das unsere sämtlichen Pläne gefährden."

Von weiteren Zusammenhängen wussten die Männer am Tisch nichts. Aber bei Wanja klingelten die Alarmglocken. Sie stellte in der Organisation die Verbindungen her, wenn es zu riskant wurde, zu telefonieren. Oder sogar mit dem Internet zu agieren. Schriftliche Unterlagen oder gar Verträge durfte es natürlich überhaupt nicht geben. Darauf hatte man sich gleich zu Anfang damals in Baden-Baden geeinigt.

Jetzt schien wirklich Feuer unterm Dach zu sein. Denn Gregorius Nikolaij war einer der wichtigsten Männer in der Baden-Baden-Connection. Wenn nicht sogar der Wichtigste aus dem Osten. Warum er hier so einen Blödsinn gemacht hatte? Oder wollte man ihm einen Denkzettel verpassen, ihn auf Linie trimmen?

Wanja beschloss, sich alle Einzelheiten berichten zu lassen. Auch wenn es dauern würde. Allerdings: In Frankfurt würde jetzt kaum mehr zu erfahren sein. Dessen war sie sich sicher. Eines spürte sie instinktiv: Jetzt war auch ihre Haut in Gefahr. In der Connection fackelte man nicht lange. Wer ein Risiko darstellte, wurde abserviert.

Bei allen guten Verbindungen zu Gregorius: Es galt, die eigene Haut vor Schäden zu bewahren. Und konnte sie dem Mann, der zeitweise auch ihr Liebhaber gewesen war, wirklich trauen? In der Connection hatte sie bedenkliche Hinweise aufgeschnappt. Dort traute man ihm nicht. Besonders Nikki, der Italiener aus Chicago, hatte Bedenken. Und offensichtlich viel Geld, mit dem er einiges bewegen konnte.

📖

Bei OK herrschte gespannte Stimmung. Die Observation von Wanja, von den Unzertrennlichen noch von Baden-Baden aus angewiesen, hatte kläglich versagt. Die beiden auf den Alfa angesetzten Teams hatten den schnellen Flitzer schon im Verkehrsgewirr am Frankfurter Flughafen verloren. Die Frau in dem italienischen Sportwagen hatte sich offenkundig so gut ausgekannt, dass ihre Verfolger keine Chance hatten.

Weshalb jetzt Petra Stein und Klaus Wolf bei ihrem Chef Peter Horn am Schreibtisch saßen und die Kollegen vom Observationsteam verwünschten. „Wie konnte das passieren? Auf so eine wichtige Observation kann man doch keine Newcomer ansetzen", fluchte Wolf.

Peter Horn zuckte die Schultern. „Ihr wisst doch: der Personalmangel. Wir haben wirklich geglaubt, diese Frau sei nicht besonders wichtig." Womit ihr Chef eine krasse Fehleinschätzung einräumte.

Petra Stein schüttelte ungläubig den Kopf. Sie verwies auf die Ermittlungsergebnisse, die ersten Recherchen. „Da muss mehr hinter stecken, als wir ahnen. Jetzt ist die verdammte Sache in die Hosen gegangen", machte sie ihrem Unmut Luft. „Wofür arbeiten wir eigentlich überhaupt so intensiv an dem Fall, wenn hier alles verbummelt wird?"

Wolf legte noch einen drauf. „Was ist, wenn die mit dem Escortservice im Westend zu tun hat? Da haben wir überhaupt noch nichts Greifbares in der Hand", meinte er. „Die Sache hat so viele Ungereimtheiten, passt aber ins Bild der Russenmafia. Auch der beiden Namen wegen, die wir von Pan Tau haben."

Horn seufzte und griff in das Schrankfach mit dem alten Calvados. Die Mienen der Unzertrennlichen entspannten sich. „Noch ist ja nichts sicher", gab sich die Kommissarin hoffnungsfroh. „Es wird nicht ganz so schlimm sein", hoffte sie nach dem ersten Schluck. Wider besseres Wissen. Denn ihr schwante Übles.

Es war viel schlimmer, wie sich sehr schnell zeigen sollte. Denn Wanja verlor in Frankfurt keine Zeit. Als man im Präsidium mitbekam, dass sie ihren Alfa zurückgegeben hatte, war sie bereits mit einem flotten BMW einer anderen Vermietung unterwegs in Richtung Straßburg. Dort wollte sie Gregorius Nikolaij treffen.

Der bereitete gerade, munkelten Informanten aus dem Milieu, ein neues Projekt vor. Was das sein würde, davon hatte die Polizei nicht die geringste Ahnung. Seine Geschäftspartner aus der Baden-Badener Connection aber ebenso wenig.

Wohl aber Wanja. Aber obwohl sie die rechte Hand des fülligen Russen war, gab sie sich keinen Illusionen hin. Weshalb ihr eines sonnig klar war: Wenn Nikolaij ein fettes Geschäft witterte, zählten für ihn Absprachen oder „Freunde" nichts. Höchstens seine alten Kameraden, die fast ausnahmslos in St. Petersburg saßen. Nikolaijs Alleingänge waren berüchtigt. Weshalb auch sie noch nichts erfahren hatte.

📖

In St. Petersburg saßen unterdessen einige fröhliche Herren in gemütlicher Runde. Die allerdings schon begann, kräftige Zeichen von Wodka zu tragen. Trotzdem war klar, wer der Chef im Ring war. Und das war der Mann, den Wanja in Straßburg treffen wollte.

Gregorius Nikolaij hatte einen Tipp erhalten. Klugerweise, ohne auch nur ein Wort verlauten zu lassen, hatte er vorgezogen, blitzartig aus Straßburg zu verschwinden. Um seine alten Militärkameraden in St. Petersburg aufzusuchen. Dafür gab es aus seiner Sicht sehr gute Gründe. Ganz dringende, unaufschiebbare, sogar.

Er brauchte sie und ihre Unterstützung. Es gab deutliche Hinweise, dass er in der Baden-Baden-Connection

Schwierigkeiten bekommen würde. Dagegen musste er sich absichern. So wie er es schon immer gehalten hatte: Mithilfe alter Freunde aus dem Militär, Kalaschnikows und Gewalt. Wenn drohen nicht ausreichen würde.

Der Russe gab sich keinen Illusionen hin. Man sah in der Connection seine Geschichten mit Wodka und Weibern nicht gern, um es entgegenkommend auszudrücken. Auch nicht die Sache mit den Bordellen, die er überall im Westen mit Strohmännern betrieb. Auf eigene Rechnung. Ohne dass darüber in der Connection jemand genauer informiert war. Aber es gab Gerede. Jetzt mehr als zuvor.

Im Moment sah es so aus, als sei in diesem Zusammenhang etwas im Gange. Einer seiner Statthalter hatte letztlich Andeutungen gemacht. Gefürchtet, das von ihm geführte Haus könnte beobachtet werden. Von wem und weshalb konnte er nicht sagen. Aber sein Adjutant hatte für so etwas immer eine feine Nase gehabt.

Jetzt hatte er sich zu lange nicht mehr gemeldet. Der tägliche Anruf war ausgeblieben. Nicht dass ihn das Schicksal seiner Mädchen interessiert hätte. Er wollte nur die Einnahmen wissen. Und zwar täglich.

Während es sich die Männer in St. Petersburg schmecken und den Wodka fließen ließen, verloren sie den Zweck ihres Treffens nicht aus den Augen. Keinesfalls wollten sie sich das Heft aus der Hand nehmen lassen.

„Dein Mann in Frankfurt ist eigentlich nur ein Brocken an Deinem Bein", gab einer der Kumpane von Gregorius zu bedenken. „Im Grunde musst Du froh sein, wenn er einigermaßen elegant von der Bildfläche verschwindet." Dazu werde er sich wohl in Kürze entschließen müssen, seufzte Nikolaij. „Aber bis dahin kann er mir noch einiges Geld ranschaffen. Gute Mädels hat er gerade erst bekommen. Eine neue Lieferung ist außerdem gerade im Anmarsch."

Dann berichtete Gregorius Nikolaij von einigen neuen Männern. „Die habe ich eigentlich zufällig in Ungarn aufgerissen. Sie sind aber aus Prag."

Deren besondere Spezialität: Mädels auf dem Land aufgabeln, in eine Disco schaffen. „Der Rest ist dann leicht. K. O.-Tropfen, einige brutale Kerle, die es ihnen ordentlich besorgen. Dann sind sie sogar dankbar, wenn sie es sanft gemacht bekommen. Sind sogar froh, wenn es Kohle dafür gibt. Genau das, was wir in diesen Bordellen brauchen."

Seine Kumpane waren beeindruckt. „Hört sich gut an", waren sie sich einig. „Risiko scheint gering zu sein." Schwer sei es nur, meinten sie, die Mädels in den Westen zu schaffen. „Und Kontakte zu Zuhältern im Westen sind auch nicht ohne Probleme", fürchteten sie.

Nikolaij schüttelt den massigen Kopf. „Da ist nichts zu befürchten. Auf dem Gebiet ist mein Mann Spezialist. Deshalb brauche ich ihn noch. Einstweilen jedenfalls." Später, ließ Gregorius Nikolaij seine Kumpane wissen, sei dann für jeden Einzelnen von ihnen mehr drin als die Hälfte vom Gewinn.

„Ich werde abgeben müssen. Andere machen dann meine Geschäfte für mich und zahlen ein Drittel von den Einnahmen. Da seid Ihr nicht draußen vor." Seine Kumpane prosteten sich begeistert zu. Das klang nach viel Geld für wenig Arbeit bei geringem Risiko.

📖

Wanja verzichtete auf Wodka. Überhaupt auf Alkohol. In ihrem komfortablen Hotelzimmer gegenüber dem Gebäude des Europaparlamentes in Straßburg schloss sie ihr Laptop ans Internet an. In ihrem verschlüsselten Notizbuch suchte sie eine Zahlenkombination heraus. Dann stellte sie die Verbindung her.

Aber nicht mit Nikolaij. Jetzt war sie selbst an der Reihe. Musste klären, wohin der Stecken für sie schwamm. Weshalb es für sie zu allererst einmal herauszufinden galt, wer nun in der Connection das Sagen hatte. Oder ob die ganze Verbindung zerplatzen würde wie eine Seifenblase.

„Kalifornier", schoss Wanja durch den Kopf. Der hatte von Anfang an Gregorius Nikolaij Kontra geboten, versucht dessen Vorherrschaft zu unterwandern. Ob er jetzt der neue Mann an der Spitze werden wollte – oder schon war?

Der Österreicher kam ebenso infrage wie der Italiener Nikki aus Chicago mit dem Südstaatenslang. Der immer den Unscheinbaren mimte und es doch faustdick hinter den Ohren hatte. Wenn ihre Informationen über ihn stimmten. Es hatte den Anschein, als würden die Karten neu gemischt. Sie musste herausfinden, welche Rolle sie dabei spielen würde. Wo sie stand.

Immer wieder schoss ihr ein Name durch den Kopf: Nikki. Der immer für den kürzesten Weg plädierte, wenn etwas in Planung war, dessen Slang ihr so auf die Nerven fiel. Dem war zuzutrauen, jetzt zum Schlag auszuholen. Denn ihm hatte die Rolle des fülligen Russen von Anfang an nicht gefallen. Aber dazu müsste er bereits eine funktionierende Struktur fertig aufgebaut haben. Von der sie alle nichts wussten.

Wanja war elektrisiert. Sie biss auf ihre Unterlippe. „Jetzt nur nicht durchdrehen", dachte sie. „Kühlen Kopf bewahren und nicht zu früh aus der Deckung kommen", musste ihre Devise lauten. Denn nur so konnte sie die eigene Position sichern. Und ihr Überleben.

Bisher hatte sie treu in der Gefolgschaft Gregorios gestanden. Jetzt musste sie im eigenen Interesse handeln. Sie war erleichtert, als sich Nikki am Handy meldete.

Der Inhalt des Gesprächs beunruhigte die Frau mit den vielen Gesichtern. Wenn sie Nikki richtig verstand, war man in der Baden-Badener Connection in der Tat wenig begeistert gewesen, als man hinter die Machenschaften von Gregorius gekommen war. Weil es nicht innerhalb der gemeinsamen Unternehmungen lief. Er schaltete sein Handy aus. Nicht, ohne Wanja zu bitten, ihn auf dem Laufenden zu halten, wenn sie etwas erführe. Von Mordplänen wollte er nichts wissen.

Nach dem Gespräch überlegte Nikki kurz. Dann verständigte er seine engsten Kumpel. Es sei nicht zu erwarten, dass der Russe den von ihm bereits geplanten Schlag in Frankfurt einfach wegstecken würde, ließ er wissen. Nikolaijs Vertraute schnüffele bereits herum. Es müsse gehandelt werden. Deshalb werde er jetzt den von ihm vorzugsweise eingesetzten Killer mit dem Decknamen Boris einsetzen, um den Russen endgültig aus dem Verkehr zu ziehen.

„Der zweite Schritt", stimmte der Kalifornier als erster zu, „Boris muss ran und Gregorius aus dem Weg schaffen. So sind wir den los und haben uns in der Organisation Respekt verschafft." Was die anderen Beteiligten Nikki gegenüber schließlich ebenso sahen. Nikki rief

Boris an und erteilte ihm den Mordauftrag. So selbstverständlich als kaufe er einen Sack Kartoffeln.

📖

Die Nacht war dunkel. Ein leichter Regen fiel, der immer dichter wurde und wie ein Vorhang über dem Fluss bei Guben stand. Die Gestalten am Ufer des deutsch-polnischen Grenzflusses Neiße waren in dunkle Tücher gehüllt. Selbst am hellen Tage wäre nicht zu erkennen gewesen, ob es Männer oder Frauen waren.

Schweigend starrten sie auf den träge fließenden Fluss, die Weiden an den Ufern und das dichte Gebüsch aus jungen Birken. Die alte Eisenbahnbrücke lag verlassen und still. Fast zu still fand ihr Begleiter. Vielleicht, fürchtete er, lauern die deutschen Polizisten im Turnerwäldchen und warten.

Schließlich beschloss Kosmas, unter der Brücke nach drüben in das gelobte Land Deutschland zu hangeln. Nicht, ohne seinen Komplizen Petar anzuweisen, gut auf die Mädchen zu achten und mit Ohrfeigen nicht zu sparen, falls sie frech würden.

Der sportliche Hüne beeilte sich, die kurze und doch endlos lange Strecke hinter sich zu bringen. Kaum drüben angekommen war er nicht mehr zu erkennen, verschwand in einem dichten Gebüsch.

Die Zeit schien sich endlos zu dehnen, von der Uhr an Wanjas Handgelenk stoisch zerhackt. In der tiefen Stille klang das Ticken überlaut zu den anderen hinüber, obwohl sich Wanja ein gutes Stück abseits von den übrigen Gruppenmitgliedern hielt.

Sie hatte früh eine Entscheidung gefällt, wollte aus ihrer Lage das Beste für sich machen. Also hatte sie mit den Männern um Kosmas und Petar zusammengearbeitet. Von ihrer Freundin Ivanka hatte sie nichts mehr gehört, seit sie in der Disco in Prag getrennt worden waren. Ihre Fragen aus der Anfangszeit waren nur mit Schulterzucken beantwortet worden.

Also hatte sich Wanja in ihr Schicksal gefügt, den Männern sogar bei ihren Aktionen als „Au-pair-Mädchen aus Deutschland" geholfen. Zumal sich Petar ihr gegenüber als sehr charmant erwies. Es dauerte nicht lange, und sie teilte das Bett mit ihm. Freiwillig.

Ihre Aufgabe war bisher gewesen, den jungen Mädchen ein gut gefülltes Portemonnaie zu zeigen und ansonsten „ihren Job" als Gast in Deutschland so angenehm wie möglich zu schildern. Damit erkaufte sie sich gute Behandlung und Geld. Viel Geld. Für ihre Verhältnisse sogar sehr viel.

Bei der Fahrt ins polnische Gubin war vieles von ihrer Geschichte bereits fadenscheinig geworden. Die klügeren der Mädchen begannen, unangenehme Fragen zu stellen.

Vor allem, warum man nicht ganz normal über die Grenze ins deutsche Guben gehe und dort erst mal einen Kaffee tränke. So langsam dämmerte allen, dass hier etwas nicht mit rechten Dingen zuging und sie die Leidtragenden sein würden. Vor allem weil Kosmas und Petar schon auf der Fahrt die lästigen Fragen mit Ohrfeigen beantworteten.

Wie aus dem Nichts tauchte Kosmas plötzlich wieder bei der Gruppe auf. „Ihr habt Glück", stellte er lapidar fest. „Ihr braucht nicht durch das Wasser. Wir können über die Brücke gehen. Aber flott. Der Teufel ist ein Eich-hörnchen ...", trieb er die Mädchen an. „Passt gut auf, wo ihr hintretet. Es fehlen etliche Bretter."

Auf einem Weg, fast eine Allee und gepflegter als manche Straße in ihren Heimatländern, durchquerten die schweigenden Frauen einen Wald. Als der lichter wurde, trafen sie auf einer schmalen Straße auf einen kleinen Bus. „Los, rein!" Forderte Kosmas barsch, nach-dem Petar die Tür geöffnet hatte und eingestiegen war.

Kaum hatte sich Kosmas, als Letzter auf seinen Sitz geschwungen, fuhr der Mann am Lenker los. Mit seinen schwarzen, geölten Haaren sah er fremd und irgendwie unpassend für einen Deutschen aus. Sein stechender Blick machte den Mädchen sogar im Rückspiegel Angst.

Sie sollten auch nicht lange im Unklaren bleiben, was sie nun erwarten würde. „Das ist Ali", erklärte Kosmas. „Der ist ab sofort für Euch der Chef. Nachher steigt noch Nemo zu und wir verabschieden uns von Euch. Wagt nicht, den Männern zu widersprechen. Die haben viel Geld für Euch ausgegeben. Das müsst Ihr jetzt zusam-menverdienen."

Schüchtern fragte eines der Mädchen, wie sie denn als Au-pair-Mädchen gekauft werden könnten. Die drei Männer im Bus brachen in unbändiges Gelächter aus. „Au-pair", lachte Kosmas, „das habt Ihr doch nicht im Ernst geglaubt. Ihr fahrt nach Frankfurt und werdet dort als Glanzstücke im Puff Euer Geld verdienen."

Das protestierende Geschrei der Mädchen schien den Männern egal zu sein. Aus dem Bus zu entkommen war unmöglich. Vor der einzigen Tür saßen Kosmas und Petar. Mit derben Faustschlägen trieben sie die vordrän-genden Mädchen zurück.

„Morgen", übertönte der sonst schweigsame Petar den kreischenden Chor, „werdet Ihr Eure Kräfte viel besser einsetzen können. Die deutschen Herren in Frankfurt werden von Eurem Temperament begeistert sein."

Viel reden mochten die Männer jetzt nicht mehr. Sie schienen der Meinung, alles sei geklärt. Aus ihrer Sicht schon. Die Mädchen begannen untereinander zu tuscheln – was Kosmas nicht passte. „Haltet die Klappen, sonst stopfe ich sie Euch", brüllte er, als sie von der Bundesstraße 97 auf die Autobahn 15 wechselten.

Kurz hinter dem Dreieck Spreewald bog der Bus auf die Tank- und Rastanlage Berstetal an der A 13 ein. „Wir verlassen Euch jetzt", ließ Kosmas die Mädels wissen. „Jetzt steigt Nemo ein. Reizt den nicht, der ist nicht so geduldig, wie wir waren. Wenn Ihr was wollt, fragt Wanja. Die fährt mit Euch bis Frankfurt."

Kaum das der Bus stand, versuchten die Mädchen herauszukommen. Etliche kräftige Faustschläge gegen die Brust ließen die taumelnden Mädchen den Versuch schnell aufgeben. Als Nemo einstieg, war die Ruhe schon wieder hergestellt.

„Was ist, wir müssen mal", erkundigte sich eines der eingeschüchterten Mädchen. „Nur zu dritt und mit Wanja, damit mir keine abhaut. Ich habe keine Lust Geld zu verlieren, weil ihr Mätzchen macht", knurrte Nemo mit drohender Stimme. „Sonst könnt ihr's Euch bis Frankfurt verkneifen." Murrend fügten sich die Mädchen in ihr Schicksal.

Doch dann ging beinahe etwas schief. Als Kosmas und Petar sich von Ali und Nemo verabschiedeten, fuhr mit quietschenden Reifen ein Streifenwagen der Autobahnpolizei auf den Parkplatz. Nemo baute vor, zeigte im Bus unsichtbar von außen seine Pistole: „Die Erste die sich verquatscht ist tot", drohte er. Ihr seid Touristinnen auf Kurztrip nach Hannover und ich bin der Reiseleiter. Habe hier von Kollegen übernommen den Bus." Geschockt signalisierten die eingeschüchterten Mädchen Zustimmung.

Die Beamten stiegen aus dem Streifenwagen und schlenderten zu dem von ihnen blockierten Bus mit den polnischen Kennzeichen. Sie schauten in den Bus, begrüßten die artig lächelnden Mädchen. Dann verlangten sie von den vier Männern: „Personalpapiere und Führerschein sowie Autozulassung." Ali nickte und stieg aus.

„Türke?", fragte der Streifenführer. Ali nickte. „Bin Busfahrer, habe guten Job in Polen. Kurzreisen nach Norddeutschland fahren. Prima Sache." Seine Papiere waren, ebenso wie die der anderen Männer, in Ordnung. Die Mühe von den Mädchen Ausweise oder Pässe zu verlangen, sparten sich die Beamten daraufhin. Der Sprinter durfte weiterfahren.

Erst auf der Rastanlage Lappwald, in der Nähe des ebenso wie das DDR-Regime verschwundenen Grenzübergangs Helmstedt-Marienborn, ließ Nemo seinen Kumpanen Ali erneut eine Pause machen. Die Mädchen durften grüppchenweise auf die Toilette und Ali besorgte zu belegten Brötchen Kaffee. Es kam fast so etwas wie fröhliche Stimmung auf, als die Mädchen den heißen Kaffee an den Betontischen tranken, vor denen angeschraubte Holzbänke rustikales Flair verbreiten sollten.

„Wenn ihr weiterhin gut spurt, habt ihr ein schönes Leben", versprach Nemo. „Ich werde Euch in mehrere kleine Orte bringen. Nicht Frankfurt, da zu viel Konkurrenz für den Anfang. Ihr kommt in den Odenwald und nach Darmstadt. Da werdet Ihr eingeritten."

Die entsetzten Blicke der Mädchen schien er nicht zu bemerken. Irgendwie gearteten Diskussionen beugte er vor: „Maul halten, gehorchen, anschaffen – dafür seid Ihr hier. Für alles andere Prügel und kein Essen."

Mit einer herrischen Handbewegung trieb Nemo die Mädchen wieder in den Sprinter, den Ali inzwischen aufgetankt hatte. Die Autobahn A 2 schien sich endlos zu ziehen, an Braunschweig vorbei fuhr der Türke bis zum Dreieck Hannover-Ost wo er auf die A 7 wechselte, um über Göttingen Frankfurt anzusteuern. Auf der Rastanlage Pfefferhöhe, schon auf der A 5, gab es noch einmal Kaffee und eine Kleinigkeit zu essen.

Es war schon dunkel, als der kleine Bus bei Darmstadt von der A 5 ab in den Odenwald fuhr. Die elf Mädchen sahen in der Dunkelheit ein lang gestrecktes Haus mit einem unbeleuchteten Reklameschild und eine – wie es ihnen erschien – riesige Staumauer einer Talsperre. Später erfuhren sie, dass sie an der Nibelungenstraße unterhalb des Marbach-Stausees in einem kleinen, feinen Bordell gelandet seien. Richtig schön abgelegen und nur von exquisiter Kundschaft besucht.

Sonntags wurden hier Freizeitsportler und Wanderer in einem großen, schattigen Biergarten verköstigt. Die nichts davon bemerkten, dass hier blutjunge Mädchen Mrs. Warrens Gewerbe nachgingen. Behaupteten jedenfalls später die Wenigen, deren Namen die Ordnungshüter herausfinden konnten und die sie zur Vernehmung vorluden.

Einige der Wanderfreunde bedauerten deutlich, dass dieses schöne Haus nun geschlossen sei, es nicht mal Handkäs' mit Musik gebe. Denn es sei eigentlich eine Augenweide und gar nicht anstößig gewesen, wenn da junge, gut gewachsene Mädchen nur im knappen Bikinihöschen in der Sonne lagen und vor sich hin dösten. Während man selbst Apfelwein und Käse zu diesem erfreulichen Anblick genoss.

Gutmütig, wie er hin und wieder sein konnte, ließ Wolf sich bei einem gemütlichen Bierabend mit Arbeitskameraden auf eine kollegiale Beratung ein. „Aber nur, wenn wir anschließend zusammen ein Bier trinken gehen", forderte er Gegenleistung. „Dann bringst du auch deine hübsche Kollegin mit", konterte der Provinzkommissar, „mit der wir neulich beim Schlachtfest so nett geplaudert haben."

Schließlich verabredeten sich die Beamten mit einer weiteren Kollegin aus dem OK zu viert in Wolfs Heimatstadt, um den Fall zu besprechen. Das Frankfurter Trio, bestehend aus den Unzertrennlichen und der noch nicht lange zum Team gehörenden Profilerin Carmen Franke, war verwundert, als es in der Polizeistation Pfungstadt in einen Besprechungsraum geführt wurde. Der Tisch war bedeckt mit Akten. Säuberlich in Schubern geordnet und ausgesprochen umfangreich.

„Was wir hier haben, macht uns Kopfzerbrechen", sagte der Kollege auf die entsprechende Frage. „Deshalb haben wir euch zu einem vertraulichen Gespräch gebeten. Außer unserm Chef und euch sollte noch niemand etwas davon wissen."

Beim OK war man eigentlich nicht gewöhnt, so exakt geführte Akten aus einer dezentralen Ermittlungsgruppe vor Augen zu bekommen. Doch was hier auf dem Tisch lag, ließ die Unzertrennlichen erst einmal tief Luft holen und sich wortlos ansehen. Die Stein schüttelte, nur für ihren Kollegen Wolf erkennbar, den Kopf. Schweigend machten sich die Drei über die Akten her.

„Das scheint in unsere streng geheimen Ermittlungen in Sachen Mädchenhandel zu passen", sagte schließlich Carmen Franke zu dem wortlos am Fenster lehnenden Kollegen aus Pfungstadt. Der nickte. „Mir gab es gleich bei den ersten Vernehmungen zu viele Hinweise auf Frankfurt."

„Deshalb habe ich euch hergebeten. Ich bin eigentlich mehr zufällig auf diese Sache gestoßen, kann sie nicht richtig einordnen. Da scheint mehr drin zu stecken, als ich hier absehen kann. Vor allem: Es scheint über die hier gesammelten Erkenntnisse in unseren Prostitutionsermittlungen hinauszugehen."

Jetzt nickte Klaus Wolf. „Du hast das sehr gut gesehen", lobte er. „Wir können das jetzt auch noch nicht einordnen. Was steht denn nicht in den Akten?" Der Pfungstädter Kollege schmunzelte. „Das sind Sachen, die nur in meinem Kopf sind. Noch zu früh, da was festzuhalten. Sagt jedenfalls eine alte Freundin von euch." Er nannte den Namen einer Richterin, die vor noch gar nicht allzu langer Zeit in den Ruhestand gegangen war.

Wolf widmete sich daraufhin mit doppeltem Interesse den vor ihm liegenden Akten. „Hier tauchen Namen auf", sagte er schließlich, „die spielen bei uns eine größere Rolle in anderen Ermittlungsverfahren ..." „Die bei euch vertraulich geführt werden und natürlich geheim sind", ergänzte der Kollege.

Petra Stein nickte. „Es kann sein, dass wir Dich aufgrund dieser Sache aus Pfungstadt abziehen werden. Dein Wissen könnte– wenn sich bewahrheitet was wir vermuten – für uns in einem komplizierten Fall entscheidend wichtig werden." Der Kollege zuckte die Schultern, schien wenig begeistert zu sein.

Weshalb das so war, zeigte sich schnell, als der Chef der Polizeistation zu ihnen stieß. Wolf ließ ihn nicht einen Moment im Unklaren. „Wir werden euern Kollegen zu uns abziehen", sagte er ohne lange Vorrede. „Ob ihr Ersatz bekommt, wissen wir natürlich nicht. Aber eines kann ich jetzt schon sagen: Ihr habt hier unverschämt gute Arbeit geleistet. Alle, die daran beteiligt sind. Ihr könnt stolz sein."

Das helfe ihm auch nicht weiter, brummelte der Chef der Station. Die Kollegen der Dezentralen Ermittlungsgruppe seien ein eingespieltes Team und nur deshalb so erfolgreich. In den kleinen und den selteneren größeren Fällen. Deshalb werde er sich mit Händen, Füßen und sämtlichen möglichen Schriftsätzen wehren. Wenn ihm einer der guten Männer aus der Dezentralen Ermittlungsgruppe einfach abgezogen werde, gerate er in Harnisch.

Das Klima wurde frostig. „Wir können mit- oder gegeneinander", sagte die Stein mit einer Stimme so scharf wie ein Glasschneider. „Ich glaube kaum, dass Sie unsere Möglichkeiten einschätzen können", ließ sie förmlich wissen. „Die Chancen, ihren Kollegen in dieser Dienststelle wiederzusehen sind je besser, desto mehr sie mit uns kooperieren."

Nun war es am Leiter der Dienststelle, versöhnlichere Töne anzuschlagen. „Was soll ich denn machen", murrte er wesentlich weniger kampfbereit als vorher. „Ich bin meinen besten Ermittler los und kriege nicht einmal einen Anfänger als Ersatz." Petra Steins Kollegin nickte. Die Profilerin wusste am besten, weshalb dieser Beamte nicht mehr zurück in den Routinedienst gehen würde.

„Er hat Qualitäten für einen Profiler", raunte sie Petra Stein ins Ohr. „Den lassen wir nicht mehr aus unseren Klauen." „Oder du aus den deinen", lächelte Petra in das gespannte Gesicht ihrer Kollegin. Carmen Franke prustete los. Die Spannung im Raum löste sich. Was sich als guter Auftakt für den nun folgenden Abend erwies.

Im Biergarten des „Goldenen Anker" fanden die Beamten einen Tisch im Grünen, direkt neben einem Teich mit Fischen und wundervollen Seerosen. Nach vorzüglichen Schnitzeln mit würzigen Soßen, für die Küche und Koch bekannt waren, widmeten sich die Kollegen dem Bier, das sie mit altem westfälischen Korn auf Trinkstärke herabsetzten.

Die Stimmung wurde immer lockerer. Vor allem weil Carmen, die neben Jobst Hahn saß, kein Hehl daraus machte, dass der Kollege ihre Sympathie immer mehr gewann. Wie sie sich an seinen Arm lehnte und ihre Bewegungen dabei hätten sogar einem Dummen auffallen müssen. Besonders aber der Stein und ihrem Kollegen Wolf. Die ja nun wirklich keine Solchen waren.

Am nächsten Morgen war bei OK sehr schnell Schluss mit lustig. Klaus Wolf gab seinen Schuber mit einer vorläufigen Kurzfassung der „Akte Pfungstadt", wie sie ab sofort hieß, zum Kopieren. Bei der Lagebesprechung trugen Petra Stein und Carmen Franke vor, was sie beim ersten Überfliegen der Akte außerdem erkannt hatten.

„Wir haben in Pfungstadt die Festnahme einer jungen Hure aus Litauen, von der wir nicht einmal das genaue Alter wissen", fasste sie zusammen. Fakt ist nur, sie hat Kontakte zum Jagdschloss Bruchmühle und dem Umfeld des Marbach Stausees mit dem verdeckten Bordell dort. Wie das im Detail aussieht, können wir noch nicht einschätzen."

Aber diese junge Dame heiße hoffentlich nicht Wanja, warf Peter Horn in den Vortrag ein. Langsam verfolge ihn dieser Name in seinen Albträumen. Denn schließlich komme ja mit diesem Namen immer mehr und wenig Gutes zutage.

Carmen Franke schüttelte den Kopf. Sie wies auf die Verdienste des Kollegen Jobst Hahn aus Pfungstadt hin, dem man diese umfangreiche wie inhaltsschwere Akte verdanke. „Er hat das Zeug zum Profiler", machte sie kein Hehl aus ihrer Meinung.

Nach kurzem Zögern fuhr sie fort: „Mit seinem Wissen über Hintergründe der Frau, des Falles und seiner Qualifikation wäre er ein Gewinn für uns. Deshalb schlage ich vor, ihn für OK anzufordern und in unser Team einzugliedern. Falls wir noch einen guten Mann gebrauchen können."

Klaus Wolf machte aus seinem Ärger kein Hehl. „Eigentlich bin ich es, der solche Vorschläge macht", wies er in ungewohnt barscher Form die Kollegin zurecht.

„Aber, wenn ihr das alles besser wisst, macht ruhig weiter." Wolf lehnte sich in seinem Stuhl zurück und stopfte demonstrativ seine Pfeife.

Was wiederum den Chef der OK ärgerte. Peter Horn forderte ebenso schroff, Wolf solle sich nicht dermaßen aufführen. Denn wenn eine Kollegin einen guten Vorschlag hätte, solle sie diesen machen.

Letzten Endes sei es ja wohl egal, von wem welche Idee käme. Hauptsache sie sei von Erfolg gekrönt und bringe ihre Ermittlungen weiter. „Dann macht in dieser Sache ohne mich weiter", meinte Wolf und verließ den Konferenzraum, um sich an seinen Schreibtisch zu setzen.

„Was für eine Laus ist denn dem über die Leber gelaufen?" Carmen Franke konnte sich das Verhalten Klaus Wolfs nicht erklären. Zumindest tat sie so. Es fand sich niemand, der ihr eine Erklärung geben mochte. Horn beendete die Frühbesprechung kurz und wortkarg.

„Zu mir ins Büro", forderte er Petra Stein auf. Als diese die Bürotür geschlossen hatte, ließ Peter Horn seine Mitarbeiterin nicht lange im Unklaren: „Was war gestern los? Warum ist Klaus so sauer?" Die Stein zuckte mit den Schultern, was Horn bei einem Blick auf ihre Bluse leicht irritiert zur Kenntnis nahm. „Hat das was mit dir zu tun?" Petra Stein schüttelte den Kopf.

„Jobst Hahn ist ein alter Kollege von Klaus", berichtete sie. „Er hat ihn und mich gebeten, uns einen Fall anzusehen, der ihn beunruhigt und der – wie gehört – in unsere Ermittlungen hineinspielt. Weil wir anschließend noch einen trinken gehen wollten und Jobst allein lebt, haben wir Carmen mitgenommen. Na ja, sie hat Jobst den ganzen Abend schöne Augen gemacht. Der hat reagiert, wie zu erwarten. Aber deshalb hätte sie noch lange nicht heute dem Wolf die Show wegnehmen müssen."

„Da bahnt sich was an, was dir bei Wolf nicht gelingt", stellte Horn wenig zartfühlend seiner Kollegin gegenüber fest. „Seid ihr jetzt beide sauer auf das Duo oder gegenseitig aufeinander? So einen Zirkus kann ich nicht dulden. Wenn ihr eure Hormone nicht im Griff habt, werde ich für eine andere Einteilung der Teams sorgen."

Besser wurde die Sache durch diese Ansage nicht. Die Stein sprang wütend auf und knallte wortlos die Tür hinter sich zu. Wenig später hörte man einen ebenso lauten wie unverständlichen Streit aus dem Büro, das sich die Stein und Wolf teilten. Kurze Zeit darauf kamen beide heraus und verschwanden in verschiedene Richtungen.

Wenn auch keiner der Kollegen direkt etwas zu diesem Vorfall bemerkte: Carmen Franke verbrachte einige ungemütliche Stunden. Denn keiner der Kollegen sprach ein Wort mit ihr.

Zum Mittagessen ging sie allein. In der Cafeteria sah sie Klaus Wolf und Petra Stein jeweils allein an unterschiedlichen Tischen in ihrem nicht eben schmackhaften Kantinenessen stochern. Langsam dämmerte der Psychologin, dass ihre ganze Wissenschaft sie nicht vor einem dicken Fauxpas geschützt hatte. Langsam wurde ihr klar, wie heftig sie ins Fettnäpfchen getreten war.

Schließlich begann auch sie, nur noch in ihrem Essen zu stochern und schob schließlich den halb leer gegessenen Teller von sich, trank nur ihr Wasser aus. Dann brachte sie das restliche Essen zurück in die Geschirrablage und ging an ihren Arbeitsplatz. Sie starrte, ohne etwas zu sehen, in die Akten.

Letztendlich musste Horn den Streit seiner hochkarätigen Experten schlichten. Er zitierte alle drei in sein Büro, bot keinem Platz an, sondern ließ sie im Raum stehen. „So wie heute werdet ihr zukünftig nicht mehr aufeinander losgehen. Keiner von euch. Eure Stärke war bisher der Zusammenhalt untereinander und mit dem gesamten Team."

Wolf nahm er als Ersten direkt ins Gebet. Er wies den Sonnyboy seiner Truppe darauf hin, dass er keinerlei recht habe, sich den Teammitgliedern gegenüber so wie bei der Frühbesprechung aufzuführen. „Du kannst deine Zunge auch etwas in Zaum halten", meckerte Petra Stein ihren Kollegen in Schutz nehmend daraufhin den Chef an. „Weiß ich", gab Horn sich ihr gegenüber versöhnlich. „Tut mir ja auch leid."

„Und was kriege ich jetzt ab?" Fragte mit ungewohnt dünner Stimme Carmen Franke in die Runde. Ihr Chef konnte sich ein Grinsen nicht verkneifen. „Sie sind noch nicht lange genug im Team. Das lassen wir besser. Sie haben die Hackordnung hier noch nicht drin. Und Du eitler Gockel kannst Dir auch mal von einer anderen Frau als Petra was sagen lassen", fuhr er wieder Klaus Wolf an.

Der Kommissar zuckte die Schultern. „Wenn es sonst nichts gibt, gehe ich lieber wieder an die Arbeit", sagte er und machte Anstalten, den Raum zu verlassen.

„Hiergeblieben" fauchte Horn ihn an. „Rüber zum Schrank, du kennst doch unser Ritual!" Klaus Wolf musste unwillkürlich grinsen, dann ging er auf die andere Seite des Schreibtisches und holte aus dem „Geheimfach" eine Flasche alten Calvados.

Petra Stein nahm, ohne einer Aufforderung zu bedürfen, vier Gläser aus dem Schreibtisch, stellte sie auf die

Platte. Horn schenkte ein. „Prost Carmen", nahm er sie in den harten Kern des Teams auf, „vertrag dich mit meinen Zorngickeln. Die sind gar nicht so schlimm, wie sie sich anstellen." Die junge Frau nickte. „Hackordnung", sagte sie nur. „Ich habe verstanden aber nicht gewusst, dass sie hier eine solche Rolle spielt."

„Können wir jetzt wieder mit der Arbeit anfangen?" Wollte Klaus Wolf wissen und hielt seinem Chef das leere Calvadosglas hin. Der schenkte nach und läutete die zweite Runde ein. „Schert euch raus", sagte er dann, „und versucht zu dritt, irgendwo noch was Gescheites zu essen. Denn in der Kantine habt ihr nur rumgestochert. Notfalls ist das ein Befehl."

Die drei dermaßen abgekanzelten und wiederaufgebauten Beamten zogen ziemlich schiefe Gesichter, als sie das Büro ihres Chefs verließen. Wolf sagte ungewöhnlich sanft: „Holt eure Jacken. Wir fahren in Neu-Isenburg was essen und Apfelwein trinken." Dem schlossen sich noch etliche Kollegen an. Es wurde eine sehr fröhliche Gesellschaft. Carmen Franke hatte es geschafft, im Team Tritt zu fassen. Zumindest der Anfang war gemacht.

📖

„Die Aussagen dieser Frau machen keinen Sinn. Die klingen wie angelernt", stellte am nächsten Morgen beim Aktenstudium Carmen Franke fest. Sie saß bei Petra Stein auf der Schreibtischkante und baumelte mit ihren wohlgeformten Beinen, während sie mit der Akte wedelte. Was Klaus Wolf nicht richtig sehen konnte, denn ihn faszinierten die baumelnden Beine der Kollegin und ihr Rock, der immer höher rutschte.

Petra Stein sah es amüsiert, sparte sich aber jede Anzüglichkeit. Sondern tat so, als sei sie intensiv mit der Akte beschäftigt. Schließlich riss sich auch Klaus Wolf von dem Anblick los und vertiefte sich wieder in seine Unterlagen auf dem Schreibtisch.

„Was suchst du eigentlich?" Wollte schließlich die Stein wissen. Ihr fiel auf, dass ihr Gegenüber keineswegs in der Akte, sondern in handschriftlichen Notizen blätterte, die er aus einer Ablage hinter seinem Schreibtisch genommen hatte. „Muss ich noch ordnen und einsortieren", brummelte ihr Kollege geistesabwesend. „Ich habe da was drin … wenn ich mich richtig erinnere mit der Bruchmühle. Der Kollege aus Pfungstadt hat da eine Aktennotiz, die sich mit irgendwas von mir deckt …" Wolf schien geistesabwesend.

„Hat er das öfter?" Wollte Carmen Franke von der Kollegin wissen, auf deren Schreibtisch sie noch immer saß. Petra Stein nickte. „Meistens stößt ihm dann ein Zusammenhang auf, den wir andern zunächst für völlig abwegig halten. Aber er behält fast immer recht." Carmen lächelte. „Ihr seid eine seltsame Truppe. Jeder von euch hat etwas Ungewöhnliches an sich. Der Kollege aus Pfungstadt könnte aus dem Stand als Profiler meinen Job machen, fast zumindest. Klaus Wolf scheint ein Gedächtnis zu haben …"

„… das fast bildhaft ist", ergänzte Petra Stein den Satz. „Sein Namensgedächtnis ist unter jeder Sau. Aber er findet jedes Fitzelchen Papier in seinem Chaos, erinnert sich an die ungewöhnlichsten Vorgänge und Zusammenhänge." Carmen Franke nickte. „Vermutlich seid ihr deshalb als Team so erfolgreich. Damit meine ich euch alle. Nicht nur das Duo, das als Unzertrennliche bekannt ist."

Petra Stein lächelte. „Wir machen kein Hehl daraus, dass wir ebenso gut zusammen arbeiten können wie feiern oder kochen. Aber mehr ist da nicht." „Und wenn wäre es nur eine logische Folgerung. Deshalb glaubt das auch jeder Kollege. Zumal ihr ja überhaupt kein Hehl daraus macht, wer von euch wann bei wem übernachtet", stellte Carmen Franke lapidar fest.

Die Stein nagte an ihrer Unterlippe. „Könnte das ..." Ihre Kollegin schüttelte mit dem Kopf. „Das hat sich inzwischen so rumgeschwiegen, dass es uninteressant geworden ist, darüber zu spekulieren. Selbst wenn, würde kein Kollege dem mehr Beachtung schenken, meine ich. Ihr seid ein seltsames Gespann. Mit eigenen Regeln, das ist offensichtlich."

Das hatte sich Petra Stein oft genug selbst gedacht. Warum war es nicht längst zu dem gekommen, was ihnen jeder unterstellte? Instinktiv wusste die attraktive Beamtin, dass damit eine Grenze überschritten wäre. Was beide nicht wollten. Zumindest am Beginn ihrer Zusammenarbeit nicht und im Moment auch nicht. Aber dennoch: Sowohl Klaus Wolf als auch sie lebten mit dieser Spannung, spürten sie, dachten zumindest hin und wieder daran, den Gefühlen nachzugeben. Aber was würde danach sein?

Obwohl der Kollege, um den es ging, unmittelbar neben den Frauen saß, schien er von deren Gespräch nichts mitbekommen zu haben. Oder, noch wahrscheinlicher: Es interessierte ihn nicht im Geringsten. Er wühlte in seinen Zetteln und entlockte seiner Pfeife gewaltige Qualmwolken. „Da könnte was sein", sagte er schließlich in eine dicke Wolke hinein. „Die Namensgleichheit ist schon interessant. Aber das haben wir ja schon mal so ähnlich gehabt."

Schließlich forderte Klaus Wolf seine Kollegin Stein auf, mit ihm in die Frauenhaftanstalt in Frankfurt zu fahren, wo Inga Petrowka in Abschiebehaft darauf wartete, in ihre ungeliebte Heimat geflogen zu werden. „Vielleicht kann die uns etwas zum Thema Marbach-Stausee sagen", hoffte Wolf.

„Was ist Dir eigentlich aufgefallen?" Wollte Petra Stein auf dem Weg zum Auto von ihrem Kollegen wissen. „Da taucht ein Mirko Petrowka bei einer Vernehmung im Zusammenhang mit dem Jagdschloss auf", antwortete Wolf tief in Gedanken. „Vom Alter her könnte der ihr Bruder sein – und er sieht ihr verblüffend ähnlich. Wir haben ihn damals laufen lassen. Denn schrotteln ist kein Straftatbestand und es lag nichts gegen ihn vor."

Im Frauengefängnis Frankfurt-Preungesheim trafen die beiden Kommissare auf eine junge Frau, deren Stimmung zwischen weinerlichem Selbstmitleid und Angriffslust schwankte. „Ich bin Opfer eines Fehlurteils", brachte sie mit Tränen in der Stimme hervor.

Wolf schien sofort eine gewisse Sympathie für die trotz Gefängniskleidung gut aussehende 19-Jährige zu entwickeln. Die Stein war da klüger. Ihr fiel sofort auf, dass sie es mit einer geschickten Schauspielerin zu tun hatten. Sie zog die Gesprächsführung an sich.

„Wenn sie noch etwas für sich gut machen wollen", eröffnete sie das Gespräch, „dann tun sie gut daran, uns gegenüber mit offenen Karten zu spielen." Petra Stein blätterte in ihrer Schreibmappe, die prall gefüllt war. Sie tat so, als suche sie etwas in irgendeinem Schriftstück. Was ihr Gegenüber nicht sehen konnte: Die Stein blätterte in leeren Papieren, um die junge Frau zu verunsichern. Diese Methode hatte sich schon öfter bewährt.

Schließlich blickte die Kommissarin auf: „Sie haben einen Bruder, Mirko?" Fragte sie. Die 19-Jährige nickte. „Aber den habe ich schon lange nicht gesehen. Der ist irgendwo daheim. Angestellt bei einer Firma, die Hausgeräte vertreibt." Petra Stein nickte und verzog das Gesicht. „Wo kommen die Hausgeräte denn her?"

Inga schien Oberwasser zu bekommen. Zumindest erweckte ihr Verhalten den Anschein, als habe sie sicheren Grund unter den Füßen. „Kollegen und mein Zwillingsbruder kaufen in Westen ein", sagte die junge Frau. „Aber sie suchen auch im Sperrmüll Brauchbares. Unglaublich, was Leute hier im Westen wegwerfen. Vieles kann reparieren und ist dann gut zu verkaufen."

Bis zu diesem Punkt hatten die Unterlagen von Klaus Wolf gestimmt. Doch jetzt verplapperte sich die Litauerin. Wahrscheinlich, weil sie sich zu sicher fühlte. „Wir Mädchen kommen auch mit in Bruchmühle. Nicht so langweilig wie zuhause sitzen. Hier kann gutes Geld verdienen. Aber schlechter als am Stausee im Wald."

Was jetzt noch folgte, war allgemeines Gerede, mit dem Inga Petrowka versuchte, der drohenden Abschiebung zu entgehen. Wolf schien hochzufrieden mit dem, was er gehört hatte, und signalisierte seiner Kollegin, das Gespräch abzubrechen. Ziemlich kurz verabschiedeten sie sich von der 19-Jährigen und erst auf dem Weg ins Präsidium ließ Wolf verlauten, was ihn so zufrieden machte.

„Das Früchtchen hat mehr gesagt, als ich erwartet hatte. Die hat Kontakte in die Bruchmühle und zum Puff am Marbach-Stausee. Wenn die mal nicht in mindestens zwei dieser Bordelle gearbeitet hat." Das sah auch Petra Stein als ziemlich sicher an. „Da kommen noch einige

Vernehmungen auf uns zu", meinte sie, als sie in den Hof des Präsidiums fuhren.

Bis zur Abendbesprechung hatten die Unzertrennlichen den Bericht über ihre Vernehmung in Preungesheim fertig. Stein berichtete, Wolf ergänzte und stellte die seiner Ansicht nach noch nicht erwiesenen Zusammenhänge in den Vordergrund seines Rapports. Seine Kollegin unterstützte ihn und riet, man solle sich bald selbst einmal in dem fast verfallenen Jagdschloss zwischen Rüsselsheim und Mörfelden-Walldorf umsehen. Vielleicht könnte man ja sogar eine Durchsuchung arrangieren. Er wittere Unrat, viel Unrat.

Von dieser Idee war ihr Chef Horn schnell begeistert. Er forderte Wolf auf, sich mit dem SEK in Verbindung zu setzen. „Wir brauchen dabei das Sondereinsatzkommando", sagte er. Die Burschen in der Bruchmühle sind zäh und wir wissen nicht, was uns erwartet."

Die gewünschte Durchsuchung des im Baltikum äußerst bekannten Hotels Bruchmühle stieß auf ungeahnte Schwierigkeiten. Denn: Das Etablissement lag im Kreis Groß-Gerau, zwischen Rüsselsheim und Mörfelden-Walldorf. Schon gewöhnliche Einsätze dort brachten Schwierigkeiten. Denn die Zuständigkeit lag bei der Polizei Rüsselsheim; die gehörte zum Polizeipräsidium Darmstadt. Brauchten die Kollegen Unterstützung aus dem nahegelegenen Langen, gab das Verwicklungen mit dem Präsidium Offenbach. „Man sollte meinen, wir lebten noch in der alten Kleinstaaterei, bevor wir alle Preußen wurden", ärgerte sich Peter Horn.

Denn was die sich dort wie zu Hause fühlenden „Russen" nicht nur wussten, sondern auch geschickt ausnutzten, machte den Einsatzkräften gewaltigen Ärger. Kurz hinter der Bruchmühle verlief nicht nur die Grenze zwischen den Kreisen Groß-Gerau und Offenbach, sondern auch eine wichtige Grenze für polizeiliches Tun. Der Kreis Groß-Gerau nämlich gehörte zum Polizeipräsidium Darmstadt, Langen zum Polizeipräsidium in Offenbach.

Damit waren Reibereien wegen der Zuständigkeit natürlich bei jedem gemeinsamen Einsatz vorprogrammiert. Besonders wenn es um internationale Belange ging. Denn die interessierten weder in Darmstadt noch in Offenbach. Hier ging es vor allen Dingen um die eigene Wichtigkeit. Die musste eifersüchtig gewahrt bleiben. Egal was da kommen mochte.

Natürlich wusste auch Peter Horn aus den Einsatzberichten, dass es in dem alten Gemäuer immer wieder zu tätlichen Auseinandersetzungen kam, wie es im Amtsdeutsch so schön heißt. Treffender gesagt: Es gab dort ständig Schlägereien; meist waren auch Messer im Spiel. Und immer Wodka. Selten, eigentlich nie, in geringen Mengen harte Drogen.

Deshalb übernahm Horn es selbst, den SEK-Einsatz mit viel diplomatischem Geschick in Gesprächen mit den zuständigen Chefs in Offenbach und Darmstadt vorzubereiten. „Es darf nichts durchsickern", ließ er in den Telefonanrufen wissen. „Nicht einmal unsere lokalen Kollegen dürfen Wind von der Aktion bekommen. Wir werden sie erst verständigen, wenn Unterstützung nötig wird."

Als das endlich geklärt war, startete Wolf mit den praktischen Vorbereitungen. Auf seinem Schreibtisch stapelten sich Generalkarten und Satellitenbilder des Areals rund um die Mühle, die ehemals den Landgrafen von Hessen zur jagdlichen Erholung vom Stress des Regierens gedient hatte. Luftbilder ergänzten die Karten. Sogar Grundrisse des Gebäudes und Pläne der – bekannten – Umbauten hatte er sich besorgt.

Petra Stein beugte sich ebenso wie Wolf über die Unterlagen. Gemeinsam arbeiteten sie den Einsatzplan für die Männer aus. „Wir werden den gesamten Bereich weiträumig abriegeln müssen", stellte sie kritisch die Stirn runzelnd fest. „Ob das ohne Hilfe der Rüsselsheimer und der Polizeistation Langen geht, wage ich zu bezweifeln."

Wolf wiegte den Kopf. „Deine Bedenken teile ich bis zu einer gewissen Grenze. Aber momentan traue ich außer unseren eignen Leuten im SEK niemand. Ich werde die Leitung des Einsatzkommandos selbst übernehmen und mit reingehen."

Damit war für Petra Stein klar, dass auch sie an diesem Einsatz teilnehmen würde. Das hatte sich schon einige Male bewährt. Klaus leitete den operativen Einsatz und sie hielt ihm vor Ort organisatorisch den Rücken frei. Peter Horn stimmte dem zu. Er regte auch an, eine Hundertschaft der Bereitschaftspolizei anzufordern. „Die können das gesamte Umfeld absichern, ohne unsere Einsatzkräfte zu binden", schlug er vor.

Als Carmen Franke von dem Einsatz und den Details in der Besprechung von OK hörte, hatte sie eine Bitte: „Darf ich auch mit? Ich würde den Einsatz gern beobachten und analysieren. Vielleicht kann ich, wenn alles rum ist, mit einer Einschätzung aus psychologischer Sicht etwas beitragen?"

Die Unzertrennlichen sahen sich an. Auf den Gedanken waren die Beiden noch nicht gekommen. „Ich könnte mir Carmen als Hilfe vorstellen", erwog Petra Stein schließlich laut. „Es darf nur in der laufenden Operation nicht zu Diskussionen kommen." Damit zeigte sich die Profilerin nicht nur einverstanden. Sie nickte Zustimmung. „Ich werde nur Mäuschen spielen. Denn ich habe viel zu wenig Ahnung vom praktischen Vorgehen, um mich einzumischen. Vielleicht hilft es mir für meine zukünftige Arbeit im Team."

So kam es, dass den Beamten des SEK bei der Vorbesprechung für den Einsatz von Klaus Wolf Neues schmackhaft gemacht wurde. Nämlich, dass außer der ihnen bekannten Petra Stein eine weitere Kollegin mitmischen würde: Carmen Franke. „Sie ist neu zu OK gekommen und soll uns unterstützen. Sie arbeitet mit Petra zusammen." Was Carmens Aufgabe sein sollte, sagte Wolf nicht.

„Das gibt ein großes Ding", schärfte Klaus Wolf seinen Männern ein. „Wir müssen den Fuchsbau rundherum absichern, bevor wir reingehen. Das übernimmt die Beppo. Es darf uns niemand entwischen. Außer Festnahmen müssen wir auch Material sicherstellen. Nicht den Schrott, den die da bunkern. Sondern möglichst viele schriftliche Unterlagen. Am besten alle. Dazu die Handys, Laptops, alles, was zur Kommunikation dienen kann. Auf jeden Fall holen wir uns Mirko Petrowka. Lebend. Er könnte ein wichtiger Zeuge werden. Wenn es uns gelingt, ihn umzudrehen."

Als Carmen etwas später in das Büro ihrer Kollegin kam, stand Petra Stein in Sportunterwäsche am Schreibtisch und musterte kritisch mehrere graue Overalls. Als die Tür ging, drehte sie sich nur kurz um. „Zieh diese Sportunterwäsche an", sie deutete auf ein Kleiderbündel. „Dann probiere, welcher Overall dir passt. Reizwäsche brauchen wir heute nicht." Sie erklärte nur kurz die Overalls: „Wir tragen alle diese Einsatzkleidung aus verstärktem Spezialstoff. Ich gehöre zur etatmäßigen Einsatzeinheit, Du bekommst ein Sonderzeichen auf den Rücken."

Carmen Franke wunderte sich, wie genau Klaus Wolf die Ausrüstung und Bekleidung jedes einzelnen Beamten kontrollierte, bevor sie in voller Ausrüstung in die Mannschaftswagen stiegen. Sie hätte Wolf nicht erkannt, wäre sie ihm in der „Verkleidung" auf dem Flur begegnet. Als sie eine diesbezügliche Bemerkung machte, sagte Wolf nur: „Das ist Absicht. Wir müssen unkenntlich sein. Es soll niemand von unseren Gegenspielern hinterher mit Sicherheit sagen können, wer von uns was gemacht hat."

Noch größere Augen machte die Profilerin; als sie von Petra Stein in einen Bus dirigiert wurde. Außer dem Fahrer saßen noch zwei Männer in dem mit modernster Technik vollgestopften Fahrzeug. „Unsere mobile Einsatzleitstelle", erklärte die Stein. „Hier wird es nachher verflucht eng werden", mäkelte einer der Männer. „Wir machen uns schön dünn", erwiderte Petra Stein. „Mehr schön als dünn wäre uns lieber", murmelte einer der Beamten unüberhörbar. Die Frauen reagierten nicht. Auch nicht, als sich der Wagen mit den Männern und ihnen in die lose Formation fahrende Kolonne einreihte.

Kurz bevor sie am Ziel waren, erwachte der normale Funk auf der Beifahrerseite des Wagens quakend zum Leben. „Wir haben einen Notruf. In der Bruchmühle soll es eine Massenschlägerei geben", meldete die kurz zuvor über den Einsatz von OK informierte Polizei Rüsselsheim. „Wie sollen wir vorgehen?"

Die Stimme von Klaus Wolf, der als Einsatzleiter alle Entscheidungen zu treffen hatte, klang unbewegt. „Rüsselsheim fahren Sie Einsatz gemäß Dienstvorschrift. Von uns haben sie keine Ahnung. Wir entscheiden über unser Vorgehen vor Ort."

Mit dieser Komplikation hatte niemand gerechnet. Petra Stein griff nach dem Funk, um sich mit ihrem Teamgefährten abzustimmen. „Wir bleiben zurück", entschied sie. Wolf gab auf dem SEK-Kanal Anweisungen: „Zielobjekt getrennt anfahren. Gemäß Absprache über die Nebenwege. Aus der Liegenschaft Fliehende sind sofort festzunehmen, wenn möglich ohne Lärm. Besonders auf Eigensicherung achten. Das Gelände ist tückisch, weil schlammig. Bleibt gesund."

📖

Für die Rüsselsheimer Polizei hatte die Bruchmühle an diesem Abend schon einige Überraschungen bereitgehalten. Eigentlich hatte es schon am frühen Nachmittag begonnen, als eine Streife auf der Autobahn 5 einen ziemlich ramponierten Transporter mit polnischen Kennzeichen kontrollieren wollte.

In ihm steckten zwei junge Frauen, die auf der nur lose im Heck verstauten Sammlung alter Waschmaschinen und anderer Geräte balancierten. Sie sprachen zwar kein Wort Deutsch, hielten aber den Uniformierten ungefragt und einladend lächelnd ihre lettischen Pässe ebenso wie die wohlgefüllt wogenden Dekolletés entgegen.

Das passte den beiden Männern nicht, die vorn im Wagen gesessen hatten. Sie schlugen den Autobahnpolizisten die Hecktüren vor der Nase zu. Dann forderten sie unbeeindruckt von den Uniformen: „Weg, sonst gibt Ärger." Was die jungen Hüter von Recht und Ordnung nicht durchgehen lassen wollten. Weshalb die Beamten der Autobahnpolizei bei ihren Kollegen in Rüsselsheim Amtshilfe angefordert hatten.

Einer der Beamten aus der Opelstadt erkannte den Fahrer. Verwundert meinte er zu dem laut schimpfenden Mann: „Wie kommst du an einen polnischen Wagen, bist doch Russe?" „Habe ich vorgestern gekauft, meinen habt ihr ja einkassiert."

Der Polizist erinnerte sich. Der Russe war mit einem total verkehrsunsicheren alten Volkswagen LT-Transporter kurz vor der Bruchmühle gestoppt worden. Total überladen kam das Gefährt kaum von der Stelle. Nach kurzer Besichtigung, und nachdem die Russen ihre Ware umgeladen hatten, war der Transporter entstempelt worden. „Schilder abmachen lohnt nicht, da sind morgen andere dran", hatten sie bei der Aktion beschlossen. Deshalb ließen sie die Rostlaube von einem Abschleppdienst holen.

„Seid ihr nicht ein bisschen früh dran für die Heimfahrt?", wollte der Rüsselsheimer Beamte nach einem Blick auf seine Armbanduhr wissen. „Haben kleine Feier heute", grinste der Russe. „Geschäfte gehen gut, Kollegen aus Heimat da. Wollen Handel abschließen und dann feiern. Alles klar?"

Es kam wie erwartet. Nicht einmal zwei Stunden nach der Kontrolle auf der Autobahn gingen die ersten Anrufe ein. Als Erster meldete sich ein Autofahrer. Seine Seitenscheibe sei von einer leeren Wodkaflasche getroffen worden, die aus der Einfahrt der Bruchmühle gekommen sein müsse. Allein traue er sich da nicht rein, um den Schuldigen zu suchen. „Ist auch besser so", hatte ihn der Beamte am Telefon beschieden, „wir kommen gleich."

Von der Fassade des alten Gemäuers bröckelte der Putz, was die Beamten wenig interessierte. Eher schon das laute Geschrei und Gegröle, was aus der Einfahrt scholl. „Die müssen wirklich schnelle und gute Geschäfte gemacht haben", fand der Streifenführer, der schon auf der Autobahn dabei gewesen war.

Die Ankunft der Polizeibeamten störte die Feiernden nicht im Geringsten. Freundlich mit ihren wodkagefüllten Gläsern winkend luden die schon sichtlich beschwipsten Damen und Herren die Ordnungshüter zu einem Drink ein. Welches Ansinnen die Beamten ihrer Pflicht gehorchend dankend ablehnten.

Die Frage nach der Wodkaflasche, die aus der Einfahrt geflogen war, konnte keiner der Herren beantworten. „Wir nicht wissen", lallte einer von ihnen. Einem ellenlangen Rülpser folgte das Angebot: „Soll er kommen mittrinken, kann sich vielleicht noch was kaufen hier bei uns."

„Wird nichts", befand der Streifenführer. „Wir machen nichts. Es kommt nichts dabei herum außer langwierigen Ermittlungen, die nichts ergeben. Also Meldung schreiben: keine Feststellungen möglich."

So vergleichsweise ruhig ging es an diesem Spätnachmittag und Abend allerdings nicht weiter. Die Meldungen häuften sich. Flaschenwürfe aus dem Hof waren noch das Geringste, was die Anrufer meldeten. Herumtorkelnde Männer, auf der Fahrbahn gestürzte Frauen: Diese Meldungen folgten einander immer schneller. Die Rettungsdienste waren pausenlos im Einsatz. Bei ihnen klappte die Zusammenarbeit reibungslos.

Fast beiläufig sagte bei einem der Einsätze ein Sanitäter zu den neben ihrem Wagen stehenden Beamten aus der Opelstadt: „Da hinten ist eine mächtig große Blutlache. Ich glaube, ihr solltet mal nachsehen gehen. Wir kommen mit. Nur mit unseren Leuten allein ist mir nicht ganz geheuer da hinten. Dunkel, abgelegen und es stinkt erbärmlich."

Schweigend folgte der kleine Trupp dem kaum erkennbaren Weg um die Ecke. Der Rettungsassistent trottete hinter den Polizisten her, gefolgt von seiner Kollegin. Beide hatten ihre Spezialtaschenlampen auf den rechten Schultern in einer Halterung eingeschaltet. Gnadenlos zerrten die hellen Strahlen ein schmerzverzerrtes Gesicht aus dem Dunkel neben einem windschiefen Eingang.

An der Tür hing eine Gestalt. Die Züge des Gesichtes waren grässlich verzerrt. Woran die Gestalt an der Tür hing, war zunächst nicht zu erkennen. Erst als weitere Beamte mit ihren Lampen kamen, wurde die Szene übersichtlicher. Dem Unbekannten war ein Stahlrohr vom Kinn durch den Schädel getrieben worden. Damit hatte man ihn mit einem Fleischerhaken an der offenen Tür aufgehängt. Ein unten quer durch ein Loch im Rohr steckender Zimmermannsnagel hielt den Mund des Opfers geschlossen und den Körper hängend über dem Boden.

„Exitus", murmelte der Rettungsassistent. „Der hängt hier schon eine geraume Weile. Ist regelrecht am Rohr entlang allmählich ausgeblutet. Ein mieser Tod." Keiner der um die Leiche an der Tür herum stand, mochte etwas sagen.

„Spurensicherung zu mir", forderte der Einsatzleiter vor Ort schließlich über Funk in Rüsselsheim an. „Wir haben eine Leiche, die hier schon länger baumelt", sagte er, wissend, dass die Frankfurter SEK-Kollegen mithörten. Mochten die doch selbst entscheiden, wie es bei ihnen weitergehen würde.

Zunächst einmal sicherten die Uniformierten den Tatort ab. Als sich bei den Feiernden Unruhe ausbreitete, sperrten sie mit ihren beiden Streifenwagen die Hofausfahrt. Zunächst mit Erfolg. Torkelnde Männer und Frauen probierten herauszufinden, was sich im Dunkel abspielte.

Als eine Gruppe von mehreren Männern ansetzte, den Hof in Richtung Straße zu verlassen, griffen die Rüsselsheimer Schutzpolizisten zu. Sie meldeten ihr Problem über Funk an die Leitstelle. „Handschellen anlegen und am Einsatzfahrzeug auf Eis legen", kam von hier der Befehl.

Vom SEK aus der Mainmetropole war vorläufig nichts zu hören. Klaus Wolf wollte zunächst abwarten, wie sich die Situation weiter entwickeln würde. Erst als er wenig später hörte, dass Autos angelassen und versucht wurde, mit diesen vom Gelände zu verschwinden, wies er seine Leute an, einzugreifen. „Gelände dichtmachen, jeden Fluchtversuch unterbinden", befahl er. „Beppo Rückseite der Liegenschaft komplett abriegeln." Er forderte weitere Verstärkung bei den Polizeistationen Rüsselsheim und Langen an.

Über den offenen Polizeikanal kündigte er an: „Dies ist eine Maßnahme des Sondereinsatzkommandos

Frankfurt, hier spricht Einsatzleiter Klaus Wolf". Dann identifizierte er sich mit einem Codewort. „Ab sofort hört alles auf mein Kommando. Kein Fahrzeug und keine Person verlässt das Gelände. Verstärkung ist im Anmarsch. Zugriff des SEK."

Über den Funk im Bus des Mobilen Einsatzkommandos liefen jetzt ständig Befehle, die sich zu widersprechen schienen. Carmen Franke begriff überhaupt nichts und sah Petra Stein fast verzweifelt an. Die erläuterte: „Das sind die einzelnen Einsatzgruppen. Die müssen sich verständigen." Dann lauschte sie wieder angespannt.

Plötzlich griff die Kommissarin ein. „Kommando grün sofort 140 Grad", forderte sie. „Größere Gruppe versucht, aus dem Hinterhof die Straße zu erreichen." Dann forderte sie von der Polizei in Mörfelden-Walldorf: „Sofort alle verfügbaren Kräfte auf die Bundesstraße. Durchbruchversuch ich fordere Beppo 2 an."

Mit Beppo 2 war eine weitere Einheit Bereitschaftspolizei gemeint. Offensichtlich hatte der Chef von OK in Frankfurt noch eine zusätzliche Hundertschaft der Bereitschaftspolizei aus Hanau angefordert, als seine Leute losgefahren waren. Das war mit Petra Stein abgesprochen, die seine Bedenken geteilt hatte. Auch ihr war bereits im Vorfeld die Mannschaftsstärke für diese Operation nicht ausreichend erschienen.

Als die beiden Beamten an den Funkgeräten erstaunt zu ihrer Kollegin rüber blickten, warf die Stein nur hin: „Peter Horn ist manchmal sehr vorausdenkend. Der war selbst lange genug in solchen Einsätzen." Einer der Beamten pfiff durch die Zähne. Er erlebte zum ersten Mal ein Team von OK im Zusammenwirken mit dem SEK.

„Woher weißt Du", wollte Carmen Franke von der Stein wissen, „wo unsere Leute sind und wo die feindlichen Indianer?" Petra Stein brauchte einen Moment. „Zwei Hubschrauber von der Flugbereitschaft Egelsbach übertragen mir Infrarotbilder. Da sehe ich die Bewegungen. Unsere Leute haben Funkkennung. Die wird eingespielt. So kann ich sie unterscheiden."

„Was macht Klaus Wolf?" Wollte die Profilerin jetzt wissen. „Der ist mit draußen. Der dicke rote Punkt." Ein Bild fesselte Petra Stein.

„Bei 190 Grad habe ich vier Punkte. Die verschwinden dort am Gewässer in den Büschen", meldete sie an Klaus Wolf. „Wir klären auf", kam ebenso kurz wie präzise seine Ansage.

Dann sahen die beiden Frauen ganz deutlich, wie die vier Punkte schwächer wurden, in Deckung gingen. Der zu Klaus Wolf gehörende Punkt und zwei weitere strichen vor den schwächelnden Lichtzeichen hin. Und plötzlich knallte es in den Kopfhörern.

Niemand brauchte mehr die Lichtstreifen auf dem Bildschirm. „Schusswechsel", stellte Petra Stein tonlos fest. Man merkte der Kommissarin an, wie schwer es ihr fiel, im Kommandobus sitzen zu bleiben.

Endlich kam Klaus Wolfs ruhig fordernde Stimme im Funk: „Sanis zu mir, wir haben Verletzte. Vier Festnahmen." Die Stein gab im offenen Kanal die Anweisung, wohin die Sanitäter zu geleiten seien. Vorsichtshalber forderte sie einen Notarzt als zusätzliche Begleitung an.

Was sich sehr schnell als notwendig herausstellte. Obwohl einige von den Beamten das später nicht so sahen.

Denn von ihnen war keiner bei dem Schusswechsel getroffen worden. Wohl aber drei der versteckten Gangster. Zwei hatten Treffer in den Oberschenkeln, einer in der Hüfte erhalten. Der Vierte war unverletzt und wurde brutal aus dem Gebüsch gezerrt. Wobei er sich heftig wehrte.

Es war Mirko, der Zwillingsbruder von Inga Petrowka. Doch das zeigte sich erst später im Frankfurter Präsidium. Das Wiedersehen der Zwillinge dort stellte sich wesentlich weniger herzlich dar als das der Hauptkommissare Stein und Wolf am Einsatzbus. Die Stein sah danach fast genauso verschlammt aus wie ihr Kollege Wolf, der die ganze Zeit im Moorgelände rund um die Bruchmühle im Einsatz gewesen war.

Noch vor Ort mussten im Waldstück an der Mühle zahlreiche Ermittler der Frankfurter Spurensicherung mit Spezialausrüstungen in den Einsatz. Vor allem in den zahlreichen Räumen, so heruntergekommen sie auch waren.

„Es wird alles durchsucht. Papiere, die wir nicht lesen können werden, eingetütet. Übersetzen können wir später. Es darf uns nichts entgehen", wies der total verdreckte und durchnässte Klaus Wolf an. „Ich will jeden Papierschnipsel und jeden Karton."

Die ebenso genaue wie schnelle erste Durchsuchung der alten Gebäude erwies sich viel später als Glücksgriff. Doch als größter Erfolg entpuppte sich die sorgfältige Durchsuchung der Räume auf Handys und Laptops.

Gleich zu Anfang der Aktion griffen SEK-Beamte in einem versteckten Giebelraum einen Mann ab, der mit mehreren Handys gleichzeitig telefonierte. Sein Geschrei wurde mit einem schnellen Griff mit der behandschuhten Hand eines Beamten auf seinen Mund unterbunden.

Experten stellten umgehend die Nummern fest, mit denen der plötzlich sehr schweigsame Mann gesprochen hatte. Die dazu gehörenden Geräte und ihre Besitzer befanden sich in ganz Europa. Im Osten wie im Westen.

Diese Aktion stellte sich später als kluge Entscheidung heraus. Denn die gefundenen Rufnummern und Unterlagen gaben Hinweise, die zu weiteren Festnahmen führten. Quer durch Deutschland, in Polen und in Russland. Bis hinauf ins Baltikum und ins goldene Prag ebenso wie nach Budapest führten die Spuren.

Einige Standorte der Handys ließen sich in Feldlagern der KFOR-Truppen auf dem Balkan identifizieren. Die halbe Halbwelt Europas war betroffen; die ganze geriet ins große Zittern.

📖

Von dieser Aktion betroffen war auch Wanja. Sie saß in Straßburg im Hotel mit Blick auf das Europagebäude und wartete. Mehr konnte sie momentan nicht tun. Telefonieren war zu gefährlich. Einem der in der Bruchmühle Betroffenen war es gerade noch gelungen, sie zu verständigen.

„Razzia", hatte er kurz und knapp gemeldet, „haben unsere Mädchen entdeckt und die Ware ..." Dann war die Verbindung abgebrochen. Wanja, die in großen Zügen über die Möglichkeiten der Ortung in Deutschland wie im grenznahen französischen Bereich informiert war, traute sich deshalb nicht mehr, das Telefon im Hotel zu benutzen. Sie würde bald umziehen müssen. Selbst ihr falscher Name, keimte eine Befürchtung bei ihr auf, könnte mit Sicherheit sehr bald wertlos sein. Auch der musste verbrennen.

Wanja beschloss, umgehend zu handeln. Sie packte ihre Sachen und schlenderte sich gelassen gebend zur Rezeption des Hotels. Bei der Abmeldung sagte sie, geschäftliche Gründe zwängen sie völlig unerwartet zur Abreise. Ob sie ihren Leihwagen im Hotel abmelden könnte? Sie konnte.

Dann bat sie noch, ein Taxi zu rufen. Wanja fuhr zum Hauptbahnhof. Dort wechselte sie in den öffentlichen Personennahverkehr. Der brachte sie schnell und anonym nach Kehl. Auf der anderen Rheinseite kam keine Wanja an, sondern Ranja Solinger, eine Dame mit neuer Identität und den neuen Papieren, die sie in einem Geheimfach ihres Diplomatenköfferchens schon lange und immer bei sich getragen hatte.

Gregorius Nikolaij konnte deshalb momentan nicht informiert werden. Er scheute den Laptop wie der Teufel das Weihwasser, sah es als Höllenmaschine an. Deshalb würde er sich erst bei Wanja melden, wenn es sich nicht vermeiden ließe. Selbst auf ihren Notruf hin, den sie per SMS abgesetzt hatte.

Ihrer Meinung nach war es längst so weit. Aber der Russe sah noch längst nicht ein, sich an diesem teuren Foltergerät zu äußern. Oder sah er sie bereits als Opfergabe für die Kripo an? Ranja Solinger begann nachzudenken. In eine Richtung, die ihr noch vor ihrer Fahrt nach Frankfurt nicht in den Sinn gekommen war.

Was wäre, wenn sie mit der Polizei kooperierte? Was könnte man ihr bieten? Der Galan – wie hieß der doch noch gleich – in Baden-Baden wäre ja keine schlechte Alternative ... Auch wenn sie nicht herausbekommen hatte was er beruflich tat und ob er genug verdiente, künftig ihren Lebensstil weiter zu finanzieren. Ranja grübelte in einer Richtung, die ihr noch vor Wochen nicht in den Sinn gekommen war.

In diese trüben Gedanken hinein kam ein Anruf auf einem ihrer Handys, dessen Nummer nur Gregorius Nikolaij kannte. „Was ist los?" Begehrte der füllige Russe zu wissen, „bin in Moskau. Kann in Deutschland kein Schwein erreichen. Von Dir nur Notruf."

Ranja setzte ihren Partner so kurz wie möglich ins Bild „Alle in Deutschland sind geschnappt – soweit ich mitbekommen habe. Was mit den Mädchen ist? Ich weiß nicht. Unsere Nachrichtenzentrale ist ebenfalls aufgeflogen. Anruf dort ohne Antwort. Die Bruchmühle können wir uns abschminken."

Gregorius Nikolaij fluchte geraume Zeit. Dann ordnete er an: „Du kommst sofort nach Prag. Dort dürften wir erst einmal sicher sein. Den Treffpunkt kennst Du." Gregorius brach das Gespräch ohne Gruß ab.

Dann informierte der füllige Mann einen seiner Verbindungsmänner in St. Petersburg. „Alle sofort zu mir zum Treffpunkt 7", wies er an. „Keine Fragen und Handys vernichten. Meins ist auch ab sofort nicht mehr erreichbar." Bei seinem jetzt folgenden Spaziergang verschwand das teure Stück in der Moskwa. Unauffällig. Am abgesprochenen Treffpunkt würde er seine Spießgesellen mit neuer Kommunikationstechnik ausstatten.

📖

„Wir werden unsere Probleme nicht ohne Gewalt lösen können", stellte er ohne Gemütsregung fest. „Darum kommen wir nicht herum." Seine Kumpane nickten. In einem waren sie jedoch einig: „Wir machen uns dabei die Finger nicht schmutzig. Das soll ein anderer machen."

„Boris?" Der Frager gehörte zu den Schweigsamen in der Gruppe. Jetzt schien sein sonst regungsloses Gesicht in Bewegung zu geraten. „Von dem habe ich Schlechtes gehört. Er hat mit Nikki, wie du ihn nennst, einen Deal gehabt". Er wandte sich direkt an Gregorius. „Du solltest mehr auf die Mitglieder in Deiner feinen Baden-Badener Gesellschaft achten."

Nikolaij zuckte zusammen. Der Schweigsame war aktives Mitglied in einer Spezialeinheit des russischen Geheimdienstes gewesen. Vielleicht war er es auch noch immer. Denn aus dieser dezenten Gesellschaft verabschiedet man sich nicht so einfach.

„Berichte", forderte er kurz und nach Atem ringend. Sein Gegenüber schüttelte nur den Kopf. „Noch weiß ich nicht genug. Aber da war was in Frankfurt. Dabei ist was schiefgelaufen. Zwei Typen und ein Auto sind aufgeflogen. Wagen ist sichergestellt, Leute sind weg. Ende."

„Wanja muss berichten", war Gregorius überzeugt. „Sie weiß mehr, als sie sagt. Also sofortiger Aufbruch nach Prag. Sie wartet auf uns." Die anderen Männer nickten. Sie kehrten sofort in ihre Hotels zurück.

Mit unterschiedlichen Fluggesellschaften wollten sie das goldene Prag erreichen. Dort sollte die weitere Strategie besprochen werden. Erster Anlaufpunkt war ein Café zwischen Moldaubrücke und der Altneu-Synagoge. Dort wollte man vor Ort einen Treffpunkt ausmachen, wo alles Weitere geklärt werden konnte.

Bevor er in einen Flieger stieg, erledigte der Schweigsame noch mehrere Treffen. Mochte er doch ruhig einige Flüge und damit Stunden zu spät in Prag eintreffen. Die Kumpane würden auf ihn warten müssen. Denn Gregorius würde nichts mehr ohne sein Wissen unternehmen. Der hatte die Hinweise verstanden.

In einer unauffälligen Bar traf der Schweigsame an einem der kleinen Tische mit einem „Freund" zusammen. Was da in Frankfurt gewesen sei, wollte er wissen. Sein hünenhaftes Gegenüber zuckte die Schultern.

„Was schon?" frug er dagegen. „Es haben sich einige um die Geschäfte gestritten. Boris soll regeln. Gregorius soll Denkzettel haben. Wir auch. Ich muss mir mehr Überblick verschaffen. Es sieht nicht gut aus. Da will jemand unsere Geschäfte übernehmen."

Der Schweigsame nickte. Das konnte man sich nicht bieten lassen. Vor allem dann nicht, wenn ein alter Kumpel wie Gregorius dabei leiden sollte. Über ihn waren die meisten Geschäfte mit dem Westen gelaufen. Das durfte auf keinen Fall gestört werden. Dazu stand zu viel auf dem Spiel. „Mach weiter und halte mich auf dem Laufenden", forderte der Schweigsame sein Gegenüber auf.

Beide legten mehrere Geldscheine auf den Tisch, bevor sie getrennt gingen. Der Schweigsame suchte einen Park auf, wo er sich in der Nähe eines Denkmals auf einer Bank niederließ und sich in eine Zeitung vertiefte.

Bis sich eine junge Dame eben ihm niederließ. Der Schweigsame streife sie mit einem Seitenblick. Nach angemessener Zeit folgte er ihr, als sie aufgestanden und davongegangen war.

Der Hünenhafte hatte ein anderes Ziel. Er suchte einen „Soldatenklub" auf, dessen Treppenstufen abgetreten und wackelig waren. Ein Fremder hätte nicht erwartet, dass sich in diesem schmuddeligen Haus und ausgerechnet im Keller ein Klub in feinem englischen Stil befinden sollte.

Nachdem der Neuankömmling einen Wodka erhalten hatte, suchte er sich einen Queue aus, schlenderte scheinbar wahllos an mehreren Platten vorbei zu einem der Billardtische. Er sah dem Spiel bis zum Ende zu.

Statt einer Frage warf er einen großen Rubelschein auf den Filz. Einer der Mitspieler nickte und verschwand. Ein anderer nahm den Schein vom Spielfeld, ehe er die Kugeln setzte. Ein neues Spiel begann, dessen Ausgang nicht wirklich interessant für die Männer am Tisch war.

Ihre leise Unterhaltung beschäftigte die Männer wesentlich mehr. „Wer hat in Frankfurt den Kampf angesagt?" Wollte der Hünenhafte wissen. „Ich kann mir nicht vorstellen, dass das von unserer Seite gekommen ist. Wer will da mitspielen."

Ein junger Mann, deutlich westlich gekleidet, nickte. Er vermute die Italiener aus USA, äußerte er. Von denen habe er so einiges auf dem Balkan gehört. „Mafia", nickte ein anderer. „Die versorgen die KFOR-Truppen mit leichten Mädchen aus unserem Revier, wollen sich ausdehnen. Dabei ist ihnen Nikolaij mit unseren Mädchen in Frankfurt im Weg."

Ein weiterer Gewährsmann wusste noch mehr. „Gregorius soll der Nächste auf ihrer Todesliste sein." Es sei in den einschlägigen Kreisen viel Geld geboten worden, um diesen russischen Dunkelmann auszuschalten. Aber jetzt sei es auf einmal still geworden. „Boris, der geheimnisvolle, soll der Vollstrecker sein, der den Auftrag geschnappt hat."

Wo die „Hinrichtung" stattfinden sollte, wusste keiner der Männer. Und auch nicht wann. Dem Hünenhaften war das auch egal. Man würde Gregorius zu schützen wissen, egal wo der Feind lauerte.

Dafür war man ja schließlich dereinst ausgebildet worden. Nun galt es nur noch, aus der jahrelangen Plackerei von damals viel Geld zu schlagen. Außerdem konnte man ja nicht zulassen, dass irgendein amerikanischer Maccaronibastard sich an einem Landsmann vergriff. Schließlich gab es ja noch immer so etwas wie Fahnentreue und Nationalstolz.

📖

Bei russischer Schokolade und einem opulenten Stück Torte für die Mollige hatte der Schweigsame sich inzwischen von der jungen Dame berichten lassen, was sie wusste. Wobei ihn deren freizügiges Dekolleté mehr irritierte, als er vor sich selbst zugeben mochte. Aber ihre Informationen waren alarmierend.

„Wir werden immer weniger in Deutschland; auch nach Mostar kommen kaum noch Mädchen für unseren Verein", beklagte sie sich. „Da sind Italiener und Türken, die bessere Angebote machen. Wenn das nicht hilft, verschwinden unsere Ansprechpartner. Die Mädchen auch.

Wir haben keines von ihnen wiedergesehen, die mit den Neuen verhandelt haben. Mostar ist für uns nicht mehr sicher. Da sind amerikanische Italiener im Geschäft."

Dem Schweigsamen reichte, was er hier gehört hatte. Mehr war von der jungen Frau nicht zu erfahren, war er sich sicher. Als er die Schöne der Nacht verlassen hatte, fällte er eine ebenso schnelle wie einsame Entscheidung.

„Du kommst mit mir", beschied er wortkarg wie immer seinen hünenhaften Kompagnon, als er den wenig später an einer Straßenecke traf. „In zwei Stunden bist du am Flugplatz …" Er nannte einen kleinen Landeplatz in der Nähe der russischen Hauptstadt. „Gepäck muss nicht viel sein. Kannst alles am Ziel besorgen."

Bevor der Flug nach Prag aufgerufen wurde, hatten die beiden Männer ihr Wissen ausgetauscht. Und waren sich einig. „Es ist Zeit zu handeln. Aber wie finden wir diesen Boris?" Diese Frage würde sie interessieren müssen, bevor sie weitere Schritte unternehmen konnten. Denn solange der nicht ausgeschaltet war, wären alle anderen Aktionen nicht nur sinnlos, sondern sogar höchst gefährlich. Lebensgefährlich.

Das würde als Erstes in Prag besprochen werden müssen. Dem Schweigsamen war egal, was die Spießgesellen davon denken würden, dass ein neuer Mann mit ins Boot kam. Er gehörte zu ihm, basta. Der Hünenhafte, der es nicht mochte seinen Namen zu hören, war nicht nur gut im Beschaffen von Informationen. Sondern hatte schon häufiger Hervorragendes als Vollstrecker geleistet. Die ganze Sache roch nach viel Geld für ihn.

📖

Irgendetwas war offensichtlich schiefgelaufen. Das zumindest befürchteten Gregorius und zwei seiner engsten Vertrauten. Denn die restlichen Mitglieder seiner feinen Gesellschaft trafen nur schleppend ein. Der Schweigsame war auch am Abend noch nicht da, als man sich in verschiedenen Hotels einquartierte.

Einer aus der Gruppe erhielt schließlich den Auftrag, am nächsten Tag den Treffpunkt unauffällig zu beobachten. Dem wurde die Wartezeit ziemlich lang. Denn der Schweigsame und sein Begleiter hatten es vorgezogen, erst einmal unauffällig in Prag Quartier zu beziehen. Unabhängig von den anderen. Und am nächsten Morgen den Treffpunkt zu überwachen. Denn sicher war schon immer gewesen, auch bei einem Treffen mit Freunden vorzugehen, als ob man es mindestens mit Fremden, wenn nicht gar mit der gegnerischen Seite, zu tun hatte.

Als endlich Kontakt aufgenommen war, konnte sich Gregorius Beauftragter nicht verkneifen, darauf hinzuweisen, dass dieser ganz schön sauer sei. Weshalb denn, fragte der Schweigsame. Weil er zu spät und nicht allein gekommen sei. Die Hintergründe werde er erst allen zusammen berichten, erwiderte der Verspätete.

Der Empfang in dem Restaurant, wo die Männer in einem Nebenzimmer beim Mittagessen saßen, war entsprechend abweisend. Gregorius, schon mit einigem Wodka intus, forderte polternd und lärmend eine Erklärung. „Wieso kommst Du so spät? Und warum bringst Du noch jemand mit?", murrte er und forderte: „Schaff ihn raus, ich will niemand Fremden dabeihaben."

Der Schweigsame lächelte müde, stand auf. „Dann gehen wir beide", stellte er mit leiser Stimme fest. „War nett Dich zu sehen, Gregorius. War vermutlich das letzte

Mal." Er winkte dem Hünenhaften und ging mit ihm gemeinsam zur Tür, die sich leise hinter den beiden Männern schloss.

Es dauerte kaum eine halbe Minute, dann flog die Tür auf. Wutschäumend stand Gregorius im Rahmen. „Sofort kommen", brüllte er. „Ich will wissen, was los ist.".

Nachdem der füllige Russe sich einigermaßen beruhigt hatte, setzte ihn der Schweigsame ausführlich ins Bild. Als Erstes über die Rolle seines mitgebrachten ‚Kollega', den er als unersetzlich für zu erwartende künftige Aktionen bezeichnete. „Es wird um Dein Leben gehen", kündigte er Gregorius Nikolaij an. „Du tust gut daran, uns zu vertrauen. Nur noch uns." Das gelte auch für seine Kameraden, fügte er noch an.

Betretenes Schweigen quittierte den kurzen Bericht, mit dem die ganze Gesellschaft die Ergebnisse der Nachforschung aus Moskau erfuhr. „Wir werden noch enger zusammenrücken müssen als bisher", fasste schließlich Gregorius zusammen, was man gehört hatte. „Nicht nur weil es mir ans Fell gehen soll. Das betrifft uns alle. Die übrigen Männer schwiegen und nickten. Der deftige Prager Schinken schmeckte auf einmal fad.

Als am späten Nachmittag die ehemalige Wanja und jetzige Ranja Solinger eintraf, wurde die Stimmung nicht besser. Ihre Informationen machten die Lage noch schlechter. Eine neue Strategie musste her. „Wir werden uns ohne Ansage aus der Baden-Baden-Verbindung zurückziehen", schlug Gregorius vor.

Das werde nicht gerade wenig Geld kosten und riskant sein, meinten einige aus der Gruppe. „Quatsch", schlug Gregorius mit der Faust auf den Tisch, „mein Leben ist in Gefahr und Euer Geld. Richtig? Also habe ich zu sagen, was wir machen. Wir schlagen als Erste zu. Dieser Boris muss weg. Koste es, was es wolle. Dann machen wir ohne die Anderen weiter."

Davon war der füllige Mann nicht abzubringen. Man beschloss, das anstehende Wochenende angenehmen Dingen zu widmen. Denn man kannte Gregorius genau und wusste: Wenn er in dieser Stimmung war, konnte man nicht mit ihm reden. Später würde man in Ruhe weitere Schritte überlegen.

Ranja kam dieser Gedanke aus ganz persönlichen Gründen sehr entgegen. Sie wollte sich darüber klar werden, ob und wie sie aus der Gruppe aussteigen könnte. Wenn ihr nur dieser Name aus Baden-Baden einfallen wollte. Sie grübelte zwar immer noch vergeblich, was der Kerl beruflich tat, oder wie viel Geld er verdiente. Aber zum Abtauchen wäre er fürs Erste geeignet, überlegte sie. Schließlich würde sie ja auch nicht jünger.

Doch dann kam alles anders. Ranja lernte an der Bar ihres Hotels einen älteren Herrn kennen, der sie umtanzte wie eine Henne ihr erstes Küken. Bei dem Österreicher schien es Knall auf Fall die große Liebe zu sein. Ranja gab sich abwartend. Doch der Galan kam ihr sehr gelegen.

Die alternde Schöne bekam zunächst nicht mit, dass sie bei ihrer „Entspannung" an der Hotelbar einen Beobachter hatte. Der mindestens ebenso viel Wert auf Diskretion legte wie sie. Nur aus ganz anderen Gründen. Der Hünenhafte wollte mehr über ihre Rolle in Frankfurt ebenso wie in der Organisation erfahren. Das war sicher.

„Zu viele offene Fragen", hatte der Schweigsame ihm anvertraut, als der Hüne gefragt hatte. „Was sie sagt, ist zu wenig. Die spielt uns Unbedarftheit vor." Das hatte dieser eingeräumt. Ebenso wie die Tatsache, dass nur Gregorius mehr über die Frau wisse. Sie sei stets nur seine Vertraute und Helferin gewesen.

Keinesfalls, schärfte der Schweigsame seinem Vertrauten ein, dürfe er diese Frau unterschätzen. Sie sei ebenso in der Lage eine Zielperson zu observieren wie jeder von ihnen. Genau so könne sie in jeder Situation eine Observation erkennen. Sie sei zu lange im Geschäft, nicht gerade in einer niedrigen Position, um nicht eine Observation zu bemerken, ehe sie richtig losging.

Der Hünenhafte, der seine Schwächen genau kannte, gab sich deshalb überhaupt keine Mühe, seine Figur zu verstecken, als er sich an Ranjas Fersen geheftet hatte. Er war „zufällig" mit einem bildhübschen Mädchen, als sei auch er auf Abenteuertour, in die Hotelbar gestolpert, in der Ranja entspannte. Er tat so, als sei dies ein für ihn peinlicher Zufall und er wolle nicht auffliegen. Ebenso wenig wie Ranja, die kein Zeichen des Erkennens merken ließ.

Hoffentlich schluckte Ranja den Köder. Zumindest hatte es den Anschein. Sie wandte sich ab, kaum, dass der Hünenhafte sich aus ihrem Blickfeld entfernte. Mit dem Rücken zu ihr ließ sich der hochgewachsene Mann in einer Nische der Bar nieder. Während er Drinks bestellte, rückte sich seine Begleiterin so zurecht, dass sie unauffällig Ranja im Blick behalten konnte.

Die Rolle „turtelndes Liebespaar" der beiden Geheimdienstexperten funktionierte perfekt. Jedenfalls ließ sich Ranja nicht stören und schmuste mit ihrem neuen

Galan, ohne auf das Paar in der Nische zu achten – dachte das Duo falsch.

Das musste allerdings zur Kenntnis nehmen, dass Ranja sich kurz vor Mitternacht von ihrem Galan bis zur Zimmertür bringen ließ. Dann aber allein in ihrem Domizil verschwand. Zimmer verwanzen war nicht drin.

Als Ranja im Bad ihren BH aufhakte, überlegte sie, was der Hünenhafte mit seiner Begleiterin wohl in ihrem Hotel gesucht haben könnte. Wenn sie recht darüber nachdachte, konnte die Überwachung nur ihr gegolten haben. Denn dass das Paar zufällig in die Bar geschneit wäre, daran glaubte sie nicht. Dazu war sie schon zu lange im Geschäft. Aber wer war der Auftraggeber für diese Aktion?

Dann kam ihr die Idee: Warum sollte sie ihren Beobachtern nicht eine falsche Spur legen? Sie rief ihren neuen Galan an, bat den Österreicher „weil ich nicht schlafen kann", mit ihr noch einen an der Bar zu nehmen. Sollte der Hünenhafte dann noch da sein, würde sie dem Duo die Chance geben. Dem Österreicher auch.

Der Plan schien zu klappen. Ihre Beobachter saßen noch in der Nische und plauderten. Ranja hatte sich kaum auf dem Barhocker in Positur gebracht, tauchte auch ihr Österreicher auf, küsste ihr charmant die Hand und krabbelte auf den Barhocker neben ihr. Wobei der genossene Whisky deutlich Wirkung zeigte. Das würde vermutlich eine ruhige Nacht, vermutete sie ebenso falsch wie hinterher erfreut.

Als sie mit dem Österreicher zu trinken begann, zahlte und verschwand das Paar aus der Nische. Ranja musste grinsen, so einfach war es, Gregorius Helfershelfer hinters Licht zu führen. Morgen früh würde sie als

Erstes die Wanzen in ihrem Zimmer suchen. Dann ihren Plan machen und sich endgültig absetzen. Ihre Entscheidung war gefallen. Der große Knall konnte kommen. Aber ohne sie.

📖

Anders als in Prag bahnte sich in Frankfurt ein ruhiges Wochenende an. Ziemlich entspannt gingen die Mitglieder von OK Routinearbeiten nach. Kurz vor Feierabend meldete sich Jobst Hahn bei der Profilerin. Carmen Franke brauchte nicht zu heucheln, als sie sich hoch erfreut über diesen Anruf gab.

Nein, sagte sie, an diesem Wochenende habe sie nichts vor, außer zu entspannen. Aber konkrete Pläne gebe es noch keine. Was sich aber ändern ließe, meinte ihr Kollege aus der dezentralen Ermittlungsgruppe Pfungstadt. Seine Vorschläge schienen bei Carmen Franke auf fruchtbaren Boden zu fallen.

Weshalb sie beschwingten Schrittes den Gang entlang zu Peter Horns Büro ging, um sich etwas früher als sonst in das freie Wochenende zu verabschieden. Was Klaus Wolf mitbekam, weil der gerade in gleichen Sachen bei seinem Chef vor dem Schreibtisch saß. Er wolle kochen, hatte der seinen Wunsch begründet. Weshalb er noch einkaufen müsse und deshalb wolle er beizeiten los.

Peter Horn sparte sich die Frage, wer wohl bekocht werden sollte, schickte seinen Ermittler ohne weitere Diskussionen in ein verlängertes freies Wochenende. Er solle aber sicherstellen, dass sein Handy empfangsbereit bleibe, bat der Chef. Dann schloss auch er seinen Schreibtisch ab, um nach Hause zu fahren. Er wollte an diesem

Wochenende einen neuen Wasserabfluss in der Einbauküche montieren.

Auf dem Weg zum Auto fiel Horn ein, dass es dringend an der Zeit wäre nachzufragen, wann der Kollege aus Pfungstadt endlich nach Frankfurt versetzt würde. Die von Jobst Hahn aufgedeckte Spur zu den baltischen Zwillingen wurde ohne ihn nicht mit genügend Nachdruck verfolgt. Andererseits würde er sich in dem Zusammenhang mit dem menschlichen Hintergrund des neuen Kollegen beschäftigen. Woher er kam und wo er wie bisher gelebt hatte.

Genau das hatte auch seine neue Kollegin Carmen Franke vor. Allerdings mit ganz anderen Hintergedanken. Beschwingten Schrittes eilte sie zur U-Bahn-Haltestelle Adickesallee, um ihren Wagen aus der Werkstatt zu holen. Was sie dort erfuhr, machte ihr einen gründlichen Strich durch die Rechnung: Ihr Auto war nicht fertig. Bei der Inspektion hatte sich ein größerer Schaden gezeigt, der nicht ohne ein Ersatzteil zu beheben war. Welches nicht am Lager war. Lieferzeit? Nicht zu sagen.

Brummig rief die autolose Carmen Franke ihren Kollegen an, um das Treffen am Wochenende abzusagen. Doch dann hob sich ihre Stimmung blitzartig. „Ich hole Dich einfach in zwei Stunden ab", schlug Jobst Hahn vor. Sie nannte ihm ihre Adresse in Neu-Isenburg.

Die Profilerin war verblüfft, als ihr der Kollege bei einer Tasse Kaffee auf ihrem Balkon seinen Vorschlag für ein gemeinsames Wochenende unterbreitete: „Ich habe ein geräumiges Zelt und die ganze Ausrüstung. Alles im Auto verstaut. Und ich kenne einen wunderschönen Platz am Wasser. Da können wir grillen und …"

Carmen Franke war überrascht und begeistert. Entweder hatte sich der Kollege über sie schlau gemacht oder es war Intuition. Sie beschloss, entgegen Studienwissen, von Eingebung auszugehen. Sie liebte Wochenenden in freier Natur, möglichst an einem See, nackt schwimmen im Mondschein. Auf jeden Fall war das besser als ein Abend auf einer Restaurantterrasse. Egal wie gut das Essen sein mochte.

Jetzt stellte sich heraus, dass der Beamte aus Pfungstadt diese Vorlieben offensichtlich teilte. „Ich packe nur schnell ein paar Klamotten", kündigte sie an. „Und dann nix wie weg, raus aus der Stadt und ins Grüne." Beim Packen fiel ihr ein, sie hatte nicht einmal gefragt, wohin es gehen sollte.

Das erfuhr sie sehr schnell. Es gebe einen Geheimtipp, ließ sie Jobst Hahn wissen. „Ein Zeltplatz direkt am Rhein, nicht weit von der Rheinfähre Gernsheim. In einem Wäldchen. Hübsch versteckt. Das Strandbad sei nur Insidern bekannt." Carmen war begeistert. Das alles klang nach prickeln und geheimnisvoll. Vor allem fern jeder Prüderie.

📖

Die Baden-Baden-Connection machte den Ermittlern in OK weiter erhebliches Kopfzerbrechen. „Die Spur führt aus dem Ostblock ins Rhein-Main-Gebiet. Dann verlieren wir die Mädchen. Wo kommen die hin", fragte Klaus Wolf während einer der endlosen Konferenzen.

Eine Antwort bekam er nicht. Schließlich war es Petra Stein, die vorschlug, sich noch einmal mit den Petrowka-Zwillingen zu beschäftigen. Getrennte Vernehmungen

zum Umfeld „Bruchmühle" und Marbach-See im Odenwald. Verblüfft stellten die Frankfurter Ermittler fest,
dass die Zwillinge auf freiem Fuß waren, weil man
ihnen, nach Ansicht eines Darmstädter Richters, nichts
Haftbegründendes vorwerfen könne. Weshalb sie auch
spurlos verschwunden waren.

„Weit sind die nicht", war sich Peter Horn sicher.
„Der Fuchs bleibt immer in der Nähe seiner Höhle."
Weshalb die zuständigen Kollegen in Rüsselsheim gebe-
ten wurden, mal einen verschärften Blick auf die Bruch-
mühle zu werfen und speziell nach ihrem jungen Freund
Mirko Ausschau zu halten.

Was sich als sehr erfolgreich erwies. Bei einer Routi-
nekontrolle eines vergammelten Transporters griffen die
Beamten Mirko Petrowka auf und verständigten umgehend OK. Was Petra Stein und Klaus Wolf den Feierabend versaute.

Im Vernehmungszimmer bei der Kripo in Rüsselsheim nahmen sie den jungen Mann nach allen Regeln der
Kunst auseinander. Nach eineinhalbstündigem erbitter-
ten zur Wehr setzen resignierte der einsame Zwilling. Er
rückte raus, wo sich seine Schwester aufhielt.

„Hab ich sie im ‚Knusperhäuschen' untergebracht im
Odenwald", gab er widerstrebend Auskunft. „Da besser
als in Mühle. Bessere deutsche Kundschaft, sehr fein und
ganz was anderes als Kollega hier." Dem konnten die Ermittler nur zustimmen. „Alles was anders ist als in der
Bruchmühle kann nur besser sein", befand Petra Stein
spitz.

Die Ermittler schärften Mirko ein, er müsse für sie
„immer" in der Bruchmühle erreichbar sein. Sonst

könnte das für ihn sehr ernsthafte Folgen nach sich ziehen, falls er abzutauchen gedächte. Denn man käme ihm sicher recht schnell auf die Fersen. „Wir haben Dich im Blick", machte ihm Klaus Wolf klar.

Der Mann aus dem Osten mochte jung sein. Aber nicht unerfahren. Er wusste diesen Ton mehr noch als die Worte einzuschätzen. „Will ich doch nur ganz normal handeln", gab er zu bedenken. „Mit alten Klamotten, die ihr hier wegwerft. Wir aber können gebrauchen."

In dem kleinen Bad im Odenwald, der Heimat des „Knusperhäuschens", erwartete das Frankfurter Duo eine faustdicke Überraschung. Eine einladend geöffnete Tür führte in eine gemütliche, schwach beleuchtete Bar mit dezenter Musik. Eine statueske Blondine fragte nach ihren Wünschen.

Erst als er die Stimme hörte, ging Klaus Wolf ein Licht auf. „Bist Du's wirklich, Perdita?" Fragte er ungläubig. Die Frau zuckte zusammen, sah sich den vor ihr stehenden Mann näher an. „Uuuhh", dehnte sie, „Klaus Wolf, nich?" Der nickte. „Schön, wenn man überall alte Bekannte wiedertrifft. Was hat Dich in den Odenwald verschlagen?", wollte er wissen.

Mit einer großen Geste lud die Blondine das kriminale Duo zum Sitzen an der Bar ein. „Nobler Schuppen", fand Petra Stein. Perdita nickte. „Die alten Zeiten sind vorbei. Gäste wollen jetzt Eleganz, Stil und hübsche Mädchen, mit denen sie auch ein Wort reden können. Wir haben uns umgestellt seit Frankfurt."

Das zeigte sich schnell, als die Kommissare auf ihr Anliegen zu sprechen kamen. „Inga ist hier und arbeitet gerade. Wenn sie fertig ist, könnt Ihr mit ihr reden. Aber macht keine Welle. Ausgefressen hat sie doch nichts?"

Die gestandene Puffmutter fragte besorgt. Wolf schüttelte den Kopf. „Noch nicht", warf die Stein ein. „Wenn wir können, werden wir es verhindern."

Als die Litauerin zu dem Paar an der Bar trat, hätte Wolf beinahe durch die Zähne gepfiffen. Petra Stein hatte dafür Verständnis. Vor ihnen stand eine gertenschlanke, dezent geschminkte junge Frau von auffälliger Schönheit. Nichts von direkter Anmache, weder im Aussehen noch im Benehmen.

Als sie die Stein erkannte, zuckte Inga zusammen. „Was habe gemacht?" frug sie sofort ängstlich. „Noch nichts", beruhigte Klaus Wolf. „Wir wollen nur reden." Perdita mischte sich ein. „Geht in den Salon", bat sie, „da bleibt ihr ungestört und meine Gäste auch."

Mit kurzem Blickkontakt verständigten sich die Stein und Klaus Wolf. „Wir schenken Dir jetzt reinen Wein ein", kündigte Petra Stein an. „Es geht nicht in erster Linie darum, wie Du Dein Geld verdienst, sondern um Kolleginnen von Dir. Mädchen verschwinden spurlos. Wir glauben, dass Du oder Mirko mehr wisst."

Instinktiv schüttelte Inga sofort den Kopf. „Wir nix erfahren", flüsterte sie fast. „Wird geredet, klingt sehr schlimm. Habe ich Angst. Mirko auch. Glaube nicht der hat gequatscht." Klaus Wolf nickte. „Hast recht", sagte er zum Erstaunen seiner Kollegin ruhig, „aber er hilft uns. Wenn Du redest, ist alles schnell vorbei und wir können Euch Mädchen schützen."

Plötzlich stand Perdita in der Tür. Sie nickte Klaus Wolf zu: „Kannst Du kurz mit mir kommen?" Der Kommissar erhob sich und folgte der Frau, die einen kurzen Gang entlang in ein Büro ging. Dort ließ sie sich schwer in ihren Schreibtischstuhl fallen und deutete auf einen Sessel.

Wolf nahm umständlich Platz und neigte den Kopf. Als Zeichen, dass er zuhöre. Die Blondine schien einen Moment zu überlegen, sah zum Bild eines jungen Mädchens auf einem schmalen Regal. Endlich sprudelten die Worte. „Was ich Dir sage, muss absolut unter uns bleiben, Dir und Deiner Kollegin traue ich." Die Chefin des Etablissements schien erneut abzuwägen, was sie sagen sollte. Schließlich gab sie sich einen weiteren Ruck.

„Mirko arbeitet nicht freiwillig in der Bruchmühle. Dort weiß niemand, dass seine Schwester hier ist. Ich verstecke sie." Wolf war verblüfft. „Du als Schutzengel der ausgebeuteten Mädchen? Das kann ich mir nicht vorstellen."

Perdita schüttelte ärgerlich ihre Mähne. „Warum nicht, zum Teufel? Meine Tochter wird älter. Die soll nicht in diesen Job reinrutschen. Die studiert in Heidelberg. Die ist zu gut für so was. Und Inga, na ja – die ist so ähnlich. Wenn ich Dir die volle Geschichte erzähle, lasst Ihr mich dann hier erst mal in Frieden?" Das konnte Wolf ohne zu viel zu sagen, zunächst anbieten.

So erfuhr der Kommissar, dass die ihm aus dem Frankfurter Milieu bekannte Frau sich mit einem Türken zusammengetan hatte. „Ali tut alles für mich", sagte sie, „er liebt mich nämlich" fügte sie etwas zusammenhanglos hinzu. „Deshalb haben wir das ‚Knusperhäuschen' übernommen und umgestaltet. Dann kamen Inga und Mirko. Er bat um Schutz für die Schwester."

Letzten Endes saßen alle vier zusammen und besprachen die Situation. „Du versteckst Dich also vor russischen Zuhältern. Wobei das nicht einmal Russen sein müssen?" Petra Stein war noch immer skeptisch, obwohl Wolf überzeugt schien.

Nikki, erfuhren die Kommissare, sei ein Amerikaner mit italienischer Herkunft in Frankfurt. Der sei neu aus Chicago da und wolle angeblich die Geschäfte von Gregorius Nikolaij übernehmen. Einschließlich der Bruchmühle. Wo sie und Mirko ...

Dieser Nikki, wusste Inga, habe einen amerikanischen Pass. „Aber nicht wie die anderen Pässe." Klaus Wolf kam ein ganz übler Verdacht. Petra Stein, die ihren Kollegen viel zu gut kannte, um seine Unruhe nicht zu spüren, wurde aufmerksam.

„Kann es sein", fragte sie, „dass der das große Sagen hat?" Inga nickte. „Ich glaube, spielt da Politik mit eine Rolle." Jetzt begriff Petra Stein. Ihr Teamgefährte hatte schon früher davon gesprochen, dass die Mafia in Frankfurt eingestiegen sein müsste. Die hiesige Scene als Drehscheibe nutzte. Und zwar über die Verbindungen in Baden-Baden. In ihrem Kopf dröhnten die Worte Klaus Wolfs von damals: „Das geht in militärisch-diplomatische Kreise der Amerikaner."

Sie verabschiedeten sich schnell. Erst als sie auf der Bundesstraße 45 in Richtung Dieburg fuhren, „viel zu schnell wie meistens, wenn Du am Steuer sitzt", merkte Petra Stein an, sprach Klaus Wolf. „Wenn die Spur sich erhärtet, sitzt die Mafia jetzt schon in militärischen Strukturen der Amerikaner." Petra Stein nickte. Das klang irgendwie logisch für sie.

Telefonisch bat Wolf über eine nur ihm bekannte Handynummer Rhoddlyn in Frankfurt um ein dringliches Treffen. Er nannte eine Uhrzeit, die nur bei Missachtung aller Geschwindigkeitsbegrenzungen zu halten sein würde. Klaus Wolf trat aufs Gaspedal.

📖

Als sie in Frankfurt eintrafen, wartete Rhoddlyn schon auf seinen Freund Klaus Wolf. Im Gegensatz zu sonst verlor er schnell seine leicht scherzende Art. Er sparte sich auch seine Späßchen mit Petra Stein.

„Ihr habt eine bitterböse Eiterbeule angestochen", kam der amerikanische Undercoveragent sofort auf den Punkt. „Wir haben, während Ihr mit Pan Tau beschäftigt wart, an der Baden-Baden-Connection weitergemacht. Wir wissen, dass außer Nikki noch ein weiterer Mafioso beteiligt ist, genannt der Kalifornier. Der hat über den Österreicher die Verbindungen zu den Russen um Gregorius Nikolaij hergestellt."

Wer dieser Österreicher denn sei, wollte Petra Stein wissen. Rhoddlyn schaute sich um. „Wir wissen nur, dass er aus Wien ist und bisher von uns nicht observiert werden konnte." Wolf legte seine Pfeife hart auf den Tisch. Der Amerikaner zuckte zusammen. „Wir kennen ihn nicht", räumte er ungewöhnlich kleinlaut ein. „Er ist ein Phantom.

„Lasst uns nachdenken, ob wir irgendwo einen Wiener oder Österreicher hatten. Bei einer Vernehmung, einer Festnahme, einer Razzia." Petra Stein war bereit, alle Register zu ziehen. „Es müsste doch mit dem Teufel zugehen, wenn der im Milieu ohne die geringste Spur …

Carmen wurde von den Unzertrennlichen am nächsten Morgen ins Vertrauen gezogen. „Wir müssen eine vergessene oder übersehene Spur auftun", sagte ihr Petra Stein bei einer Tasse Kaffee. „Wir haben nicht die geringste Idee, wo wir ansetzen sollen."

„Österreicher", Carmen nagte an ihrer Unterlippe. „Gibt es in unserer kriminellen Szene viele von denen? Seit dem dritten Mann nach dem Krieg ist es doch um die Österreicher ruhig geworden. Wien ist seit dem Ende des Kalten Krieges out." Sie dachte nach.

„Wenn man es genau nimmt", spann Carmen ihren Faden weiter, „wäre ein Wiener genau der Richtige, um zwischen Amerikanern und Russen als Mittler zu fungieren. Das hat schon auf der politischen Ebene nach dem 2. Weltkrieg funktioniert".

Klaus stieg ein: „Mein Kumpel muss noch einmal seine Unterlagen durchgehen. Was die damals in Baden-Baden bei der Observation ermittelt haben, könnte was hergeben. Wenn da so jemand drin ist, der für uns infrage kommt, finden die den. Die haben damals alles, was auf den Aufzeichnungen war, von hinten bis vorn gefilzt."

Begeisterung könne man das nicht gerade nennen, ließ Klaus Wolf wenig später seine Kolleginnen wissen, was Rhoddlyn zu dem Ansinnen gesagt hatte. „Der durchsucht jetzt alle Unterlagen auf die Stichworte Österreicher und Wiener", sagte er noch.

Wolf brütete vor sich hin, während seine Pfeife dicke Rauchwolken produzierte. In einer solchen Phase vermied Petra Stein, ihren Kollegen anzusprechen. Schließlich öffnete der Kommissar die Augen, legte die Pfeife in die Aschenschale. Er forderte Petra Stein auf: „Komm mit, wir müssen was im Archiv überprüfen."

Auf dem Weg durch die Gänge brummelte Wolf, es sei etwas bei Ermittlungen um einen Nikki im Viertel rund um Elbe- und Weserstraße unklar geblieben. „Da gab es ein Foto, nicht ganz scharf aber immerhin…", fiel der Stein ein.

Abrupt blieb Klaus Wolf stehen. „In dem Zusammenhang war doch auch die Rede von einem ‚Boris', der da angeblich zu sehen war. Den haben wir nie zu Gesicht bekommen. Wieso haben wir da nicht nachgefasst?"

Petra Stein zuckte die Schultern. „Ich weiß nicht einmal, wo das Ding geblieben ist. Zuletzt hatte die Spurensicherung das Bild, wenn ich mich richtig erinnere. Von da ist das komplette Asservat wohl ins Archiv gewandert. Ohne dass wir es noch einmal bekommen hätten."

Bei den Asservaten fand sich schließlich dieses Bild. Mit Spuren der Untersuchung auf Fingerabdrücke. Sonst nichts. In dem braunen Umschlag mit dem Bild befand sich ein längeres Schriftstück, das sie nicht lesen konnten weil in kyrillischen Buchstaben geschrieben.

Als Peter Horn das wenig später von seinen zwei wütenden Kommissaren hörte, fuhr er aus der Haut. „So eine Schlamperei darf nicht passieren", tobte er vor versammelter Mannschaft. „Jetzt ist es natürlich niemand gewesen", stellte Petra Stein fest. Dann machte sie sich auf die Suche nach einem Dolmetscher für Russisch. Denn sie konnte weder die kyrillischen Buchstaben auf der Rückseite des Bildes entziffern, noch die Fingerspuren zuordnen.

Aber das Foto an sich war wichtig. Es zeigte, nur leicht verschwommen, das kantige Gesicht eines Mannes, dessen Züge auf den Balkan deuteten. Aber auch auf Härte und Brutalität.

Fast gleichzeitig mit dem Dolmetscher trudelte Rhoddlyn ein. Gemeinsam hörten OK und der Amerikaner, was hier in dürren Worten als Ergebnis der „Verträge von Baden-Baden" festgehalten war. Zwar ohne Unterschrift, aber es bestätigte, was die Amerikaner bei ihrer Abhöraktion herausgefunden hatten.

Vor allem tauchten Namen auf. Auch der Hinweis auf einen „Ambulanten", der nur über eine Deckadresse in Wien zu erreichen war. Nachrichten an ihn mussten, so die Aufzeichnung, auf eine Mailbox im Internet gesendet werden. Der Server hierfür stand in Wien. „Deckname Boris" diente zur Identifizierung bei der Kontaktaufnahme.

Wenn OK viel Glück habe, befand Peter Horn, könnte dieses Foto ein Hinweis auf diesen mysteriösen Boris sein. Von dem noch nie jemand in den einschlägigen Kreisen gehört haben wollte. „Vielleicht bringt es ja etwas, wenn wir uns noch mal mit Inga Petrowka oder ihrem Zwillingsbruder Mirko unterhalten?" Dachte Petra Stein laut. „Aber dann nehmen wir Carmen mit", warf Klaus Wolf ein. „Schaden kann es nicht, wenn sie der Profilerin Rede und Antwort steht."

Er wolle auch mit, ließ sich daraufhin Rhoddlyn vernehmen. „Denn mir scheint, das geht meine Dienststelle an. Ich muss mit Washington telefonieren. Vom Konsulat aus. Dann können wir fahren. Mir schwant Übles."

Mit steinernem Gesicht verließ der Amerikaner den Raum. „Wir warten, bis er zurück ist", beschloss Horn. „Ihr fahrt alle mit: Carmen, Petra, Jobst und Klaus. Wenn Euer sonst so lockerer Ami so ernst ist, wittere ich Gefahr. Sorgt dafür, dass Eure Waffen ok sind."

Die nächste Stunde verbrachte das Team mit Routine. Wolf las mehrfach die Übersetzung des Textes aus dem mysteriösen braunen Briefumschlag. Er wagte nicht, seine Befürchtungen zu Ende zu denken.

Endlich tauchte Rhoddlyn wieder auf. Er hatte eine Aktenmappe unterm Arm. Er bat Peter Horn, ihn allein in seinem Büro sprechen zu dürfen. Von dem Penner, der im Milieu herumgammelte, war nur noch die Frisur über.

Horn war überrascht. Aber er folgte der Bitte. Im Büro identifizierte sich Rhoddlyn als ranghoher Reserveoffizier der Navy Seals, einer amerikanischen Eliteeinheit und gleichzeitig hochrangiger Aktiver des Geheimdienstes, abgeordnet zur Drug Enforcement Agency DEA. Zuständig für Spezialaufgaben in Europa.

„Klaus Wolf ist schon lange bekannt, was und wer ich bin", räumte Rhoddlyn ein. „In der restlichen OK macht es nun keinen Sinn mehr, meine Identität zu verdecken. Was jetzt auf uns zukommt, ist viel zu ernst, um lockere Spielchen zu treiben. Meine Ansprechpartner bleiben bitte Stein und Wolf."

Der Amerikaner erklärte Horn, um was es jetzt ging. „Wir haben es mit einem üblen Fall von Infiltration unserer Streitkräfte auf dem Balkan zu tun. Der Mafia ist es gelungen, Schlüsselpositionen in der Logistik unserer Truppen zu besetzen. Schnörkel sind jetzt überflüssig. Befürchtet haben wir es schon länger. Hätten wir nicht die Tipps von Klaus Wolf gehabt, wäre an uns vorbeigegangen, was jetzt hochkocht. Wir befürchten, ein regelrechter Bandenkrieg größeren Ausmaßes steht bevor."

OK-Chef Horn war entsetzt und machte daraus auch kein Hehl. „Wir sind einigen Kummer gewohnt", meinte er, „Aber mit einer derartigen Entwicklung habe ich persönlich so schnell nicht gerechnet." Rhoddlyn schüttelte den Kopf. „Warum sollten die internationalen Entwicklungen in Europa und in den Truppen mafiafreier Raum bleiben?" Fragte er mehr rhetorisch. „Die sind überall da, wo es Geld zu verdienen gibt."

Dem pflichtete Horn bei. Ihm war die Misere nur zu gut bekannt. In den Ländern Europas war es nicht anders, als in den USA. Internationaler Menschenhandel und Prostitution bringen so viel Geld, dass die organisierte Kriminalität längst außer Drogen- und Waffenhandel auch diesen Geschäftsbereich für sich entdeckt hat. Schätzungen der UNO sprechen von Gewinnen jährlich um mindestens sieben Milliarden US-Dollar.

Den organisierten Handel mit hauptsächlich Frauen und Mädchen zu bekämpfen wird immer aussichtsloser. Weil nämlich die betroffenen Frauen und Mädchen damit rechnen müssen, selbst wenn sie gegen die Täter aussagen, die Leidtragenden zu sein. Die meisten Länder weisen sie trotz der Zusammenarbeit bei der Bekämpfung dieser Kriminalitätsform nach den Gerichtsverfahren aus. Zusätzlich werden sie meist vorher noch wegen illegaler Einreise bestraft. Die Opfer ziehen es deshalb vor zu schweigen. Was es besonders schwer macht, Menschenhandel zu beweisen.

Wenn es gelänge, im „Knusperhäuschen" noch etwas herauszubekommen, vor allem, warum die Zwillinge so viel Angst hatten, wäre das vielleicht hilfreich meinte Rhoddlyn. Er begrüßte die Idee, eine Profilerin in die Befragung einzuschalten.

Die Zeit bis zur Abfahrt in den Odenwald nutzten die Mitglieder von OK, Rhoddlyn detailliert über die Ergebnisse ihrer Ermittlungen ins Bild zu setzen. Der Amerikaner pfiff mehrfach durch die Zähne, als er die Akten sichtete. „Das kommt genau im richtigen Moment", freute er sich, „zusammen gibt das jetzt ein Stück."

📖

Die Soldaten konnten sich aussuchen, was ihnen mehr zu schaffen machte. Die sommerliche Hitze, die auch am Abend nur wenig nachließ oder der ständige Staub. Der Sand brannte in ihren Kehlen und ihren Augen. Doch in privaten Klubs der Amerikaner gab es Whiskey. Ob echt oder gepanscht blieb dahingestellt, aber auf jeden Fall war es Alkohol. Und stark.

Auch wenn die Auswahl in den Kasinos nicht gerade klein war, mit der Zeit schmeckte der ewig gleiche Bourbon einer bekannten Marke fad, zog es die Angehörigen aller KFOR-Truppen in diese privaten gastlichen Stätten. Denn was eigentlich immer gut war, kam dort in Pappschachteln auf den Tisch: Hamburger in allen Variationen. Stark mit Ketchup gewürzt und riesengroß.

Das war etwas Anderes als die „gesundheitsbewusst zusammengestellte Anti-Stress-Ernährung" in den deutschen Verpflegungszelten. Das eifrig in den heimatlichen Medien hochgejubelte Angebot der Feldküchen kam zwar in der Heimat bei den Ökofreaks und ihren Parteigängern gut an, schmeckte aber den Soldaten nicht. Was in der Heimat allerdings niemand interessierte.

Bei den Amerikanern gab es aber noch etwas, was in den Unterkünften der Soldaten nur hinter vorgehaltener

Hand kolportiert wurde. Einige der GI's aus der Versorgungseinheit waren sehr empfänglich für harte Dollar – nicht das „Truppengeld" was bei den Soldaten im Umlauf war. Dafür konnte man einige der „Klubs" im nahegelegenen Dorf aufsuchen. Was da abging ... darüber wurde eisern geschwiegen.

Wer darüber sehr genau Bescheid wusste, war Nikki. Er war als Truppenbetreuer an den diversen Standorten unterwegs, kam regelmäßig immer wieder mal vorbei. Um sich zu informieren, wie es denn den Soldaten so ginge. Mit einigen Soldaten des örtlichen Versorgungsstabes zog er sich meist an einen Tisch im Hintergrund des Mannschaftszeltes zurück. Was dort besprochen wurde, war nicht zu verstehen.

„Wir werden aufpassen müssen", sagte Nikki an diesem Tag. „Es gibt Ärger in Deutschland. Da ist was aus dem Ruder gelaufen." Die Sorge seiner Mitverschworenen war greifbar. „Hat jemand geredet?"

Nikki schüttelte den Kopf. „Da ist die deutsche Bullerei von ganz allein drauf gekommen", nölte er. „Hätte ich denen nicht zugetraut."

Was er im Moment noch verschwieg: Der Ärger war mehr als nur knüppeldick. In der Baden-Baden-Connection hatte man sich stark für ein Gerücht interessiert, in das er verwickelt war. Weil sich herumgeschwiegen hatte, dass es einem fetten Russen an den Kragen gehen sollte. Und er, Nikki, der Auftraggeber für einen Mord sein sollte.

Denn der von Nikki beauftragte Boris hatte trotz pünktlicher Zahlung noch nicht geliefert. Aber es wurde geredet. Jetzt hatte er den Ärger am Hals. Sowohl in good old Germany wie hier auf dem Balkan zwischen Staub,

Fusel und verschwitzten GI's. Von der Heimat ganz zu schweigen. Denn auch die Bosse am Lake Michigan waren höchst alarmiert darüber, was da im fernen Deutschland für Unruhe sorgte. Natürlich in erster Linie, weil es drohte, ihre Geschäfte zu stören.

Der Gangster aus Chicago wusste noch nicht, wie er die bisher noch unbekannten Hintergründe des leidigen Geschehens seinen Bossen in den Staaten beibiegen sollte. Dort hatte die Parole von vornherein geheißen: Kein Aufsehen erregen, die eigenen Geschäftsfelder lautlos besetzen. Angreifen sollten – wenn überhaupt – die Gegenspieler.

Jetzt war alles anders gekommen. In Frankfurt brodelte die Gerüchteküche und die eigenen Kontaktleute mussten die Füße stillhalten. Denn die Behörden schienen über erstaunlich viele Details ihrer Organisation informiert; es musste irgendwo in der ehrenwerten Gesellschaft eine undichte Stelle geben. Zu allem anderen Ärger.

Nikkis Gedanken schweiften ab. Er stellte sich vor, wie die Beamten schauen würden, wenn sie den bestraften Verräter fänden. Denn seine Hinrichtung … Nikki hing angenehmen Gedanken nach. Er dachte daran, wie er als aufstrebender Adjutant seinen Boss in Chicago mit einer Hinrichtungsmethode begeistert hatte, die inzwischen eigentlich längst vergessen war.

Dem Opfer aber ausreichend Zeit gelassen hatte, sich über seine Schuld gegenüber der ehrenwerten Gesellschaft klar zu werden. Vielleicht auch noch ein Gebet zu sprechen. Falls er so gläubig war wie Nikki, der die alte Tradition seiner italienischen Heimat nie vergessen hatte. Dazu gehörte sonntags der Besuch der heiligen Messe. Mit Familie.

Er hatte dem damals geschnappten Informanten der Polizei ein Atemgerät für Taucher umgeschnallt. Die Flaschen des Pressluftatmers hatten Luft für etwa 30 Minuten enthalten. Mit dieser Ausrüstung ergänzt durch einen soliden Betonklotz an den Füßen, hatte er den gefesselten Mann an einem sonnigen Abend im See versenkt. Aber jetzt musste man den Verräter erst einmal finden.

Die Frage eines seiner Kameraden riss den Amerikaner italienischer Herkunft aus seinen Gedanken. „Wie soll es hier weitergehen? Werden wir weiter genug frische Mädchen und vor allem Drogen haben?", begehrte er zu wissen. Nikki zuckte die Schultern. „Ich weiß es im Moment wirklich noch nicht", räumte er ein. „Aber wir arbeiten dran. Erst mal bleibt die bewährte Mannschaft hier", entschied er.

Eine Ankündigung, die seinen Helfern nicht gefiel. „Die sind schon zu lange hier. Es ist hier nicht so wie im Puff in zivilisierten Gegenden. Die Weiber freunden sich hier schnell mit den Kunden an. Das geht von beiden Seiten aus. Dann haben wir den Ärger."

Die Scherereien waren auch der Organisation bekannt. Aber es ließ sich nicht immer vermeiden. Die Frauen fanden sich erstaunlich schnell mit der Sprache der KFOR-Truppen zurecht. Und erkannten schnell, was für ein herrliches Leben sie haben würden, wenn sie es schafften, einen Soldaten fest an sich zu binden. Es ging auf dem Balkan einfach zu schnell, sich aus den Fängen der Zuhälter zu lösen.

Denn die Soldaten fackelten nicht lange. Blutige Auseinandersetzungen wegen der Frauen waren an der Tagesordnung. Die Organisation hatte in solchen Fällen immer gleich zwei Gegner: die Soldaten und die diversen Militärpolizeieinheiten.

Gerade jetzt, wo der Wiederaufbau des geschundenen Landes an allen Ecken und Enden erkennbar wurde, kam die ehrenwerte Gesellschaft in Schwierigkeiten. Es reichte nicht mehr, dem Soldaten der sich mit einem ihrer Mädchen davonmachen wollte, mit einem Baseballschläger aufzulauern.

Eines war unumstößlich klar: Eine gründliche Tracht Prügel für den GI, ausgesuchte Folter für die abtrünnigen Weiber – das war vorbei. Die Soldaten hatten erkannt, dass sie gemeinsam gegen ihre Gesellschaft gut bestehen konnten. Deshalb waren es jetzt die eigenen Leute, die meistens die Schläge abbekamen. Reichlich.

Aber damit nicht genug. In vielen Metropolen des freien Westens schrieben respektlose Journalisten über ihre Aktivitäten. Machten ihnen damit das Leben schwer, weil ihre Gaunereien öffentlich wurden. Keinen Respekt hatte diese Bande. Man würde wohl ein Exempel statuieren müssen.

📖

Im Knusperhäuschen herrschte helle Aufregung, als die Frankfurter am frühen Nachmittag einliefen. „Wir haben ein Problem. Ein ernstes", verkündete Perdita statt einer Begrüßung, als sie Klaus Wolf sah. „Mirko hat angerufen. Er hat Drohungen erhalten und nun Angst, dass

Inga was passiert. Ein Gregorius Nikolaij hat angekündigt, es werde etwas passieren, wenn man ihm nicht gewisse Informationen zukommen lasse."

Gregorius Nikolaij, der Name war OK zur Genüge bekannt. Der russische Waffenhändler aus der Baden-Baden-Connection. Der in Frankfurt ein munteres Freudenhaus betrieb, Kunstschätze geschmuggelt und ziemlich sicher mit Drogen gedealt hatte. Und alles in großem Maßstab.

„Jetzt müssen wir erst einmal klären, wer da was mit wem zu tun hat", sagte Petra Stein der sichtlich aufgeregten Perdita. Mit wogendem Busen stampfte die voraus in ihren „Salon", in dem die Frankfurter auf eine haltlos schluchzende Inga Petrowka trafen. Während die Beamtinnen sich um die junge Frau kümmerten, nahm Rhoddlyn Klaus Wolf beiseite.

„Wir werden sie und ihren Bruder unter die Fittiche der DEA nehmen müssen", flüsterte er. „Die beiden können, abgesehen davon was sie wirklich wissen, für uns äußerst wichtig werden. Selbst wenn wir nur durchsickern lassen, dass wir sie haben und sie singen, sorgt das für Aufruhr in der Szene."

Klaus Wolf war von dem Plan nicht begeistert, kümmerte sich aber sofort um das Nächstliegende. Er winkte Jobst Hahn zu sich. „Schaff unser Auto beiseite. Es darf nicht gesehen werden. Geh so unauffällig wie möglich und ganz zügig vor. Dann ruf Horn an und gib Code Purpur durch. Sag, die Kollegen sollen selbst raus und Mirko Petrowka festnehmen. Ruhig so, dass alle es mitkriegen. Wir wissen, was wir machen."

Die Ansage Code Purpur stand für höchste Alarmstufe, mit Waffeneinsatz bei Menschenleben in Gefahr. In jedem Fall hieß das Schnellalarmierung des SEK (Sondereinsatzkommando).

Peter Horn verstand sofort und handelte ohne Rückfragen. Er fluchte nur, weil er seine Spezialisten für SEK-Einsätze nicht in der Einheit, sondern gemütlich auf einem Hocker im Puff sitzen sah. Horn hatte sich auf die verfügbaren Kollegen zu verlassen. Was ihm schwerfiel. Denn seiner gerechtfertigten Ansicht nach kam keiner an die Führungsqualitäten seiner eigenen Spezialisten heran.

Parallel hierzu lief der Einsatz an der Bruchmühle an. Wie ein gut geöltes Uhrwerk. Ein großer Teil der Beamten kannte den Ort des Geschehens von vorausgegangenen Einsätzen. Alle blieben gelassen, als sich ihre Fahrzeuge dem Gebäude näherten. Die Männer bewegten sich leise und routiniert in die vorgesehenen Positionen.

Eine Blendgranate explodierte, tauchte das Objekt in gleißendes Licht. Beamte stürmten in das Gebäude, besetzten Ein- und Ausgänge, sicherten die Mauern mit den windschiefen Fenstern, durch die stellenweise der Wind pfiff.

Was wie ein Spuk begonnen hatte, endete auch so. Mirko wurde im Zimmer einer blonden Schönheit aufgespürt. Während der gemeinsamen Tätigkeit bearbeitete sie mit ihren Zähnen genüsslich Kaugummi. Sie zuckte nicht einmal, als der Galan aus ihrem Bett gezerrt wurde, drehte dem Geschehen den Rücken zu. Mirko kam nicht dazu, einen Ton von sich zu geben.

Erst als der gefesselte Litauer im Mannschaftswagen der Polizei saß, kam er dazu Fragen zu stellen. Aber die Antworten befriedigten ihn nicht. „Es ist zu Deinem Besten", sagte der Beifahrer des mit verdunkelten Scheiben ausgestatteten Sprinters. „Wir bringen Dich nach Frankfurt und da bekommst Du alles erklärt. Es geht nicht gegen Dich, mehr wissen wir auch nicht."

Horn saß in seinem Büro, als für seine Begriffe überraschend früh und dementsprechend unerwartet das SEK mit dem ziemlich ungehaltenen und gefesselten Mirko eintraf. „Wir werden Dir alles erklären", begütigte Horn. „Du brauchst hier keine große Welle zu machen. Was passiert ist, kann nur zu Deinem Besten sein. Es ist alles, um Deine Schwester nicht zum Abschuss freizugeben."

Schlagartig wurde der Litauer ruhig. „Was ist mit Inga?" Begehrte er zu wissen. „Ihr nicht könnt wissen, wo ist. Habe ich gebracht in Schutz!" Der 19-Jährige schien voller Stolz, dem Horn umgehend einen Dämpfer verpasste. „Wir haben sie gefunden und bringen sie gerade in Sicherheit."

Es schien, als habe ein Blitz den muskulösen Litauer getroffen. „Ihr wisst überhaupt nicht, was Ihr tut", der junge Mann schrie fast. „Meine Schwester ist in höchster Gefahr. Dass Ihr mich festgenommen habt, macht alles noch schlimmer. So schlimm, wie Ihr Euch überhaupt nicht denken könnt."

OK-Leiter Horn schüttelte den Kopf. „Du hast nicht die geringste Ahnung, was wir wissen. Ihr hängt bis über beide Ohren in einer Auseinandersetzung, in der Ihr nicht mehr als ein Staubflöckchen auf dem Ärmel des Bigboss seid. Überflüssig und störend. Deshalb tödlich entbehrlich."

📖

Während an der Bruchmühle die Festnahme Mirkos lief, versuchte Carmen Franke im „Knusperhäuschen" das Vertrauen der jungen Litauerin zu gewinnen. Mit behutsamem Einfühlungsvermögen. Es dauerte, war aber letztendlich erfolgreich. Inga begann zu erzählen. Wie alles angefangen hatte.

Mit Freundinnen zusammen war sie auf einer Party gewesen. Besonders ein Mann hatte ihr gefallen. „Er hieß Petar", erinnerte sie sich, „war ein scheener Kerl." Man trank gemeinsam, nicht gerade wenig.

Als sie wach wurde, saß sie in einem Sprinter auf dem Weg nach Deutschland. „So kam an Talsperre, dann in Bruchmühle, musste Männer bedienen. Habe viele Schläge bekommen. Mirko hat mich schließlich da gefunden, konnte aber nicht viel machen."

Die Profilerin erfuhr, dass Mirko gleich nach ihrem Verschwinden von der Party versucht hatte, seine Schwester zu finden. Doch die großen Bosse hatten ihn unter Druck gesetzt. Zu tief war der damals noch nicht einmal 17-Jährige bereits in die Machenschaften um Autodiebstähle, Drogen und sogar Waffenhandel verstrickt.

Die Liebe zu seiner Schwester war so groß, dass den Halbwüchsigen weder Tod noch Teufel scherten. Ohne Wissen der Bosse hatte er sich über ihr Verbot hinweggesetzt und sich weiter auf die Suche nach seiner Schwester gemacht. Vergeblich. Bis ihm ein Zufall zu Hilfe kam. Die Bosse brauchten einen jungen Mann, der in der Bruchmühle mitmischen und in Häuser einsteigen konnte. Mirko kam sein sportliches Training zugute.

Kaum in der schäbigen Absteige angekommen kam er dahinter, wo seine Schwester war. Er fand sie eher zufällig in einem der verkommenen Hotelzimmer. Auf einer alten Couch „bediente" sie hier Landsleute und „Kollega". Mirko rastete aus. Die Bosse sahen ein: Es wäre besser, den jungen Mann nicht unnötig zu reizen. „Der ist noch für mehr zu brauchen", hatten sie befunden. Mirko bezog als „disziplinarische Maßnahme" eine gewaltige Tracht Prügel. Seine Schwester verschwand. Im Nobelbordell das Nikolaij finanzierte und ausbeutete.

Gregorius Nikolaij hatte das Sagen bei der Aktion um Inga gehabt. Er hatte sie in der Heimat „bestellt". Weil er für seine Etablissements in Deutschland ganz junge, willige Schönheiten wollte. Mit dunklen Haaren und guter Figur, nicht zu mager. Kosmas und Petar waren seine Scouts. Vom Stausee an der Bundesstraße 48 im Odenwald kam sie in weitere Etablissements.

Dann hatte Mirko die Chance gesehen, sie wenigstens aus dem engeren Kreis der Gang um Gregorius heraus zu bekommen. „So kam hier in Knusperhäuschen. Perdita gute Frau", war sie sicher.

Carmen Franke war entsetzt, wie nüchtern das junge Mädchen über sein Schicksal sprach. „Das ist Fatalismus pur", informierte sie mit belegter Stimme Petra Stein. „Die hat mit ihrem Leben abgeschlossen, ehe es richtig angefangen hat."

Was er an Details hörte, machte Klaus Wolf unruhig. „Es braut sich etwas zusammen", informierte er seine Teamgefährtin. „Irgendwie ist es mir hier zu ruhig." Petra Stein nickte. „Ich habe ein sehr ungutes Gefühl" … „Was Dich selten täuscht", stimmte Wolf zu. „Wir sollten so schnell wie möglich verschwinden. Die Kleine nehmen wir mit."

„Wie soll das in dem Auto gehen? Die Karre ist gerammelt voll", gab Jobst Hahn zu bedenken. „Es geht nicht anders", stimmte auch Carmen zu, als sie informiert wurde. „Ich habe andere, aber sehr gute Gründe, sie hier ganz schnell wegzuschaffen." Notfalls müsse man das sogar im Kofferraum bewerkstelligen, schlug sie vor.

Zufällig sah Jobst Hahn zum Fenster. „Schräg gegenüber dem Parkplatz vor dem Haus steht ein Wagen an der Straße. Da hat eben Licht reflektiert, als sei da ein Fernglas drin", machte er Wolf aufmerksam. Der war sofort hellwach. Unauffällig musterte er durch den Spalt der Vorhänge den Wagen. „Du könntest recht haben. Mit dem Auto ist was faul", unkte er. „Petra, mach Dir ein Bild", forderte er seine Kollegin auf. Die kam dem umgehend nach.

„Hast recht", sagte sie. „Sieht aus wie ein Zielfernrohr auf einem Gewehr. Aber wem zum Teufel gilt das? Es weiß doch keiner, dass wir hier sind." Wolf quittierte diese Ansicht mit einem unfrohen Lachen.

„Ich bin nicht sicher", meinte Carmen Franke. „Auf der Hinfahrt war ein Wagen hinter uns. Nur eine kurze Strecke, aber der sah dem da drüben verdammt ähnlich." Die Sicht vom Standplatz des Gefährts auf das „Knusperhäuschen" war hervorragend. „Alle Ecken im Blick", fand Jobst Hahn.

Automatisch übernahm Klaus Wolf das Kommando. „Wir müssen Inga wegschaffen. Unauffällig. Mit unserm Wagen geht das nicht mehr, also muss jemand sein Auto rausrücken." Er beschloss, Perdita zu informieren. Die erfahrene Chefin des Etablissements entschied sofort, was zu machen sei. „Ihr nehmt den SUW von Ali. Der kann Euer Auto wegfahren", meinte sie.

Der SUW gehe in Ordnung fand Wolf. „Aber das mit unserem Auto soll er sich abschminken. Denn dabei ist das Risiko zu hoch, ihn als Zielscheibe zu präsentieren. Wir müssen jetzt nur noch sehen, wie wir in den Geländewagen kommen."

Das Team beschloss, sich durch die Hintertür auf der Rückseite des Hauses auf den zweiten Parkplatz neben dem Bau und in das Auto zu verkrümeln. Inga sollte sich im Fond auf den Fußboden legen. „Mit voller Körperdeckung laufend ins Auto bringen, wenn ich den Wagen gestartet habe", wies Wolf seine Kollegen an. „Das Auto drüben kann nur Inga gelten. Wenn es überhaupt was bedeutet."

Diese Gewissheit kam schnell. Als sich Jobst Hahn als Letzter in den Wagen schwang, peitschten Schüsse. Carmen riss den Kollegen in das Auto. Erst als Wolf das Gefährt mit quietschenden Reifen um das Haus lenkte, schrie Carmen auf: „Jobst blutet stark. Der hat schwer was abbekommen." Sie schluchzte auf, versuchte herauszufinden, wo die Verletzung war.

Klaus Wolf konzentrierte sich auf das Fahren, während Petra Stein ihre Pistole zückte. Aus voller Fahrt feuerte sie vom Beifahrersitz ihr ganzes Magazin auf den parkenden Wagen leer, aus dessen offenem Fenster ein Gewehrlauf Kugeln spie.

Während Wolf über die Bundesstraße 45 raste, wählte die Stein mit dem Handy die direkte Notrufnummer des OK. Horn war nach dem zweiten Läuten dran. Mit völlig ruhiger Stimme schilderte sie den Vorfall. „Weiterfahren; falls es Verfolger gibt, versuchen abzuschütteln, nächstes

Krankenhaus anfahren", wies Horn sie an. „Wir lösen Metro aus."

Was zweierlei konkrete Folgen hatte. „Metro" bedeutete bei einem Alarm, dass alle verfügbaren Kräfte für den Auslösefall eingesetzt würden. Routine fiel flach.

Für die gerade vom Hof fahrenden Männer des SEK hieß das: sofort wieder in ihre Wagen und Richtung Odenwald, unter höchster Alarmstufe. Unterwegs richteten sie ihre Waffen und koordinierten über Funk ihre Einsatzplanung. Peter Horn schien bei dieser Aktion aufzublühen. „Viel zu lange", befand er später, „habe ich mich nicht mehr so aktiv eingeschaltet. In Zukunft werde ich dieses Feld nicht mehr nur Klaus Wolf überlassen."

Wolf entschloss sich, nachdem Carmen und Petra in dem bockenden und schüttelnden Wagen der Wunde von Jobst Hahn eine erste Untersuchung angedeihen ließen, in das nächste Krankenhaus zu fahren. „Wir legen einen Druckverband an", sagte die Stein. „Dann hält er eine Weile durch. Mindestens eine Kugel steckt im Schulterblatt und die Wunde blutet stark. Mehr können wir jetzt nicht machen."

Jobst hatte immerhin noch die Kraft schwach zu grinsen. „Es tut lausig weh", murmelte er, ehe er die Augen verdrehte. Dann fiel er in Carmens Armen in wohltuende Bewusstlosigkeit. „Halte ihn so ruhig wie möglich", wies Petra die Kollegin an. „Wir wissen nicht genau, was mit ihm los ist."

Als der Wagen mit dem nicht unerheblich verletzten Jobst Hahn in die Notaufnahme des Krankenhauses von Groß-Umstadt bretterte, erlebten die Beamten eine üble Überraschung. Erst einmal sollten sie den Papierkram erledigen, forderte eine äußerst reservierte und hochnäsige

Dame am Empfang. Da könne ja jeder kommen und behaupten, er habe einen Schwerverletzten im Auto. Polizei hin oder her. Hier gehe man der Reihe nach vor.

Wolf riss der Geduldsfaden. Er brüllte die Hochnäsige an, schnappte sich eine Rollentrage und fuhr mit der vor die Tür zum Wagen. Gemeinsam mit den Kolleginnen legte er den inzwischen tief bewusstlosen und durch die Notverbandpäckchen vor sich hin sickerblutenden Hahn auf das Gefährt, rollte ihn auf den Flur und gleich in den als „Ambulanz" gekennzeichneten Raum.

Als endlich – Wolf kam es wie Stunden vor – ein Arzt auftauchte, zeigte der auch nicht viel Regung. „Wenn das eine Schussverletzung ist, rufe ich jetzt erst einmal die Polizei. Danach sehe ich mir die Sache an", erklärte er.

Wolf schickte die Kolleginnen raus, Inga in Sicherheit zu bringen. Dann rief er zum zweiten Mal den internen Frankfurter Notruf. Peter Horn reagierte umgehend. „Wir lassen Jobst nach Frankfurt fliegen. Ich bestelle sofort den Hubschrauber. Kollegen müssten gleich zur Verstärkung eintreffen."

Die jetzt in die Notaufnahme des Provinzhospitals heulenden Streifenwagen sorgten unter Patienten wie Personal für erhebliche Unruhe. Die Hochnäsige vom Empfang und der grauhaarige Arzt aus der Ambulanz verlangten von Wolf lautstark Erklärungen. Doch der würdigte sie keines Worts, schob sie einfach zur Seite, weil sie ihm im Weg standen.

Als das Klinikpersonal sich endlich um Jobst Hahn kümmern wollte, stellte er sich kampfbereit vor den Kollegen, winkte sie herrisch zurück. „Auf die wenigen Minuten kommt es nicht mehr an. Der Hubschrauber landet gleich. Dessen Notarzt übernimmt." Zu weiteren Erklärungen ließ er sich nicht herab.

Es kam nicht nur ein Hubschrauber, sondern hinter Christoph IV stand ein weiterer Helikopter in der Luft, der den Lärm am Krankenhaus noch verstärkte. Wolf konnte Horn kaum verstehen, als der am Telefon anwies, sie sollten alle zusammen mit Inga Petrowka nach Frankfurt fliegen. Die Kollegen vor Ort würden die Tatortarbeit übernehmen. Das SEK sei bereits im Anmarsch. „Ihr müsst aus der Schusslinie", wies er an.

Im Eurocopter der Flugbereitschaft Egelsbach kuschelte sich Inga wortlos in die Ecke eines Sitzes, betrachtete traurig ihr hellgrünes Kleid. Es war über und über mit Blutstropfen dunkel gesprenkelt.

Die Kleidung der anderen Autoinsassen hatte ebenfalls Blut abbekommen. Am meisten die Bluse von Carmen. „Alles durch", stellte sie Petra Stein gegenüber fest. „Ich werde mich umziehen müssen, ehe ich mich den Anderen zeige."

In Bad König hatten die auf den Metro Alarm zuerst eintreffenden lokalen Streifenwagen das „Knusperhäuschen" weiträumig abgeriegelt. Weil die überforderten Beamten nichts Besseres zu tun wussten, verkündeten sie Perdita und den Mädchen erst einmal ihre vorläufige Festnahme. Gleichzeitig musterten sie mit unguten Gefühlen und einer gewissen Scheu den verlassen wirkenden Wagen auf der gegenüberliegenden Straßenseite.

Schließlich, kurz bevor das SEK eintraf, bemerkte einer der Streifenbeamten, dass aus der Beifahrertür eine dunkle Flüssigkeit tropfte. Vorsichtig näherte er sich dem Wagen. Die Dienstpistole schussbereit in der Rechten.

Mit einem Ruck riss er die Beifahrertür auf. Ein lebloser Körper polterte auf die Straße. Die Kalaschnikow mit Zielfernrohr lag fest in seinem Arm. Sonst war der Wagen leer. Bis auf die Patronenhülsen aus dem Magazin der Maschinenpistole. Es waren nicht gerade wenige.

📖

Wenig später erfuhren Klaus Wolf und sein Team, dass es einen Toten gegeben hatte. Der Einsatz war blutig geworden. Jobst Hahn, der zwei Steckschüsse abbekommen hatte, war dabei im Augenblick das geringste Problem. Er wurde gerade operiert.

Petra Stein bestritt entschieden, bei ihrer Schussabgabe hoch gehalten zu haben. Es sei ziemlich unwahrscheinlich, meinte sie, dass sie die Waffe hoch genug verrissen haben könnte, um jemand im Wagen zu treffen. Den Insassen des Wagens tödlich zu treffen sei schier unmöglich gewesen. Schließlich sei sie eine gute Schützin.

„In der Tat dürfte es Dir aus Deiner Position heraus sehr schwergefallen sein, dem Schützen in dem fremden Wagen einen Genickschuss zu verpassen", sagte Horn lapidar. „Nur: Wer hat den Kerl erledigt, als er nicht getroffen hat?"

Vor allem interessierte die Kräfte vor Ort, wie viele Leute Wolf und sein Team gesehen hatten. „Da war nur der Schütze", war sich auch Carmen sicher. „Eigentlich haben wir ja nur das Zielfernrohr gesehen – eventuell noch den Lauf." Petra Stein nickte. „Ich halte es für sehr unwahrscheinlich, einen weiteren Insassen des Wagens übersehen zu haben. Da muss noch ein weiteres Fahrzeug im Spiel gewesen sein."

Für diese Einschätzung sprach die Spurenlage vor Ort genauso wie Petra Steins Überlegungen. Nur: Von dem zweiten Fahrzeug fand sich keine eindeutige Spur. Es blieb ein Phantom. „Wir müssen unbedingt wissen, wer der Todesschütze war", fasste Horn zusammen. „Denn das ist für die Zukunft unserer Zwillinge überlebenswichtig."

„Dienstbesprechung für alle", trommelte Peter Horn seine Crew wenig später zusammen, „Wir müssen uns klarwerden, wie wir die Ermittlungen weiterführen." Dies erwies sich als schwieriger als zunächst gedacht. Positiv sei, befand der Leiter der OK, dass seine Leute soweit um alle Ecken dachten.

„Was ist, wenn die ganze Aktion im Odenwald ein Schuss vor den Bug für uns sein sollte?" Fragte eine Kollegin in die Runde. „Es ist mir zu einfach, wie sich das darstellt. Warum haben die denn nicht geschossen, als unsere Leute das Mädchen in den Wagen gestopft haben, sondern als der letzte Mann von uns in den Wagen sprang?"

Das sei eine gute Frage, stellte Wolf fest. „Wir haben unser Bestes getan. Aber das heißt, noch lange nicht, dass der Scharfschütze nicht das Mädchen hätte treffen können. Gelegenheiten dazu hätte er gehabt."

Peter Horn war sichtlich alarmiert. Wenn wirklich einer unserer Leute das Ziel war – und der Gedanke hat etwas für sich – „dann deutet alles auf die Russenmafia um Gregorius Nikolaij hin."

Dem mochte Carmen Franke nicht so ohne Weiteres zustimmen. „Warum sollte er sich auf so etwas einlassen?" Begehrte sie zu wissen. „Der muss doch damit rechnen, dass wir nach so einem Vorfall als Erstes ihn verdächtigen. Wir sollten uns mit dem Gedanken anfreunden, dass jemand uns zum zweiten Mal auf eine falsche Fährte locken will.".

Nicht nur Klaus Wolf musste neidlos den messerscharf analytischen Schlüssen seiner Kollegin zustimmen. „Natürlich kann das sein", stimmte er nachdenklich zu. „Aber dann haben wir etwas angestochen, das noch überhaupt nicht abzuschätzen ist."

Der Killer Boris, der noch immer kein Gesicht bekommen hatte, könnte da die Schlüsselrolle spielen, fand die „graue Maus" des Teams. Wenn man genau hinsehe, könnte das auf einen Bandenkrieg hinauslaufen. Deshalb müsse man wissen, wer da mitmische. „Ich hab' das Mal in einem Krimi gelesen …"

Das aufbrandende Gelächter der Kollegen war beleidigend, fand Horn und unterband es umgehend. „Ich kann da nichts Böses finden, wenn die Kollegin diesen Vergleich zieht. Und lustig finde ich das schon gar nicht. Denn warum soll, nur weil jemand das in einem Krimi geschrieben hat, nicht unser Unbekannter genau nach so einem Muster vorgehen?"

Die Kommissare wurden nachdenklich. Ihr Sitznachbar klopfte der Kollegin mit dem Faible für Kriminalromane anerkennend auf die Schulter. „Mach Dir nichts draus, dass wir gelacht haben. Das ist eher Verlegenheit. Wir sollten unbedingt dieses Muster in Erwägung ziehen. Erzähl."

Was die Kollegin mit Begeisterung tat. Man hörte ihr kommentarlos zu, als sie die Geschichte aus einem bekannten amerikanischen Thriller darstellte. „Mit einigen Abwandlungen passt der Ablauf ja fast exakt", wunderte sich die versammelte Mannschaft, was Peter Horn in Worte fasste.

„Wir müssen aber nicht gerade exakt nach dieser Vorlage vorgehen – oder?" Klaus Wolf wollte es genau wissen. „Wir müssen noch einmal das gesamte Umfeld von diesem Nikolaij abklopfen ..." Petra Stein unterbrach: „Da fangen wir am besten mit Deiner Wanja aus Baden-Baden an", meinte sie. „Denn die kreuzt mir in Zusammenhang mit diesen Ermittlungen zu unauffällig immer wieder auf. Und jetzt ist sie spurlos verschwunden. Ausgerechnet weil eins unserer Observationsteams versagt hat."

In Horn sträubte sich alles, das so stehen zu lassen. Aber er wusste, dass hierzu jedes Wort vergebens war. Wolf und Stein hatten ja recht. Also traf er eine Entscheidung, die das Team weiterbringen sollte.

📖

„Für diesen Job bist Du als Profilerin am besten geeignet", hob Horn die Stimme und sah Carmen an. „Du wirst jede noch so verzweigte Spur und wenn es nur ein Spürchen ist, eingehend bewerten. Am besten holst Du Dir als Wasserträger unsere Unzertrennlichen. Denn Dein etatmäßiger Partner ist ja erst mal raus aus dem Geschäft."

Was sich schnell abzeichnete. Als Carmen Franke ihren Kollegen unmittelbar nach der Konferenz besuchte, lag der in einem Bett auf der Intensivstation, hing an diversen Infusionsflaschen und Überwachungsgeräten.

Sie werde warten, bis er wach werde und was sagen könnte, ließ sie den zuständigen Arzt wissen. Der musste noch einen weiteren Patienten im gleichen Raum betreuen. Er nickte ob der Erleichterung bei seiner Arbeit bereitwillig Zustimmung.

Carmen beugte sich über Jobst, als der sich zu regen begann. Gerade als sie einen Kuss auf seine Stirn hauchte, schlug er die Augen auf. „Ahhh", dehnte er. Obwohl ihm das Sprechen schwerzufallen schien, musste er etwas loswerden. „Ich dachte immer, Engel haben keinen Busen. Deshalb weiß ich wenigstens, dass ich noch auf der Erde bin."

Ihr Lachen hatte etwas Befreiendes, als Carmen ihren Arbeitskollegen und Freund streichelte. „An was Du hier gleich denkst", sprudelte sie überglücklich hervor. „Hast Du arge Schmerzen?"

„Es wäre ein Wunder, wenn nicht", unterbrach der Arzt. „Lassen Sie mich mal ran, damit ich ihn untersuchen kann. Sie können so lange rausgehen." Das wollte Jobst Hahn nicht. Fest hielt er die Hand seiner Partnerin, deren frische Bluse Spuren der Umarmung aufwies. Was keinen der beiden störte.

Wenig Begeisterung rief bei dem Duo die Einschätzung des Arztes zur Gesundheitssituation des Kommissars hervor. „Die Verletzungen sind weit schwerer, als es zuerst aussah. Ihn haben zwei Kugeln getroffen. Die im Schulterblatt haben wir entfernt. Sie hat einige Venen zerrissen. Die zweite ist tiefer eingedrungen. Sie steckt noch direkt an der Schlüsselbeinarterie. Wir wagen die Entfernung erst, wenn Ihr Kollege stabil ist", dämpfte der Arzt die Hoffnung auf baldige Entlassung Jobst Hahns aus dem Krankenhaus.

Carmens Gesicht spiegelte Unverständnis wieder. „Diese Kugel hat eine größere Vene und einige kleinere zerrissen. Sie steckt direkt an einer Arterie. Es besteht auch jetzt noch Lebensgefahr. Deshalb bleibt ihr Freund auf der Intensivstation", erklärte der Arzt geduldig.

Carmen Franke fand, das müsse Peter Horn umgehend wissen. Der quittierte die Informationen aus dem Hospital mit einem von Herzen kommenden Fluch und guten Wünschen zur Genesung des Verletzten.

Dann teilte er Carmen mit, er habe die Spurensicherung des Landeskriminalamtes in den Odenwald beordert. Der Tatort müsse bis ins kleinste Detail gesichert und anschließend bewertet werden. Falls sie sich vom Krankenbett losreißen könne, solle sie bitteschön umgehend zurückkommen. Was die Profilerin zusagte, aber doch noch eine Weile aufschob.

Zurück im Präsidium geriet Carmen Franke in einen heftigen Streit zwischen Peter Horn und Klaus Wolf. Der Chef warf Wolf vor, er habe in dem Fall der verschwundenen Freudenmädchen die Zusammenarbeit mit der tschechischen Einheit Pan Tau schleifen lassen. „Wir wären schon viel weiter, wenn Du die Kontakte besser gepflegt hättest", warf Horn seinem Lieblingsermittler erbittert vor. „Ich habe dafür aus dem Ministerium gewaltig einen auf den Kopf bekommen."

Wolf war verblüfft ob der Anwürfe seines Chefs. „Die sind in ihren Ermittlungen noch nicht viel weitergekommen", wehrte er sich entschieden. „Deshalb habe ich Dir auch nichts gesagt. Aber wir telefonieren regelmäßig und wenn sich dort was ergibt, erfahren wir es sofort. Wir sind keine Busenfreunde, aber die Kontakte sind gut." Damit drehte sich Wolf um und ging.

Peter Horn mochte das so nicht stehen lassen, machte Ansätze den Kommissar zurückzurufen. Dann drehte sich Horn zu Carmen um. „Das bringt auch nichts, den jetzt anzumisten. Aber der Ärger kommt von unserer früheren Vizepräsidentin. Die versucht jetzt, uns was am Zeug zu flicken. Sie hat uns im Verdacht, verdeckt gegen sie ermittelt zu haben. Statt unserem Job nachzugehen."

Aber da war sie bei Peter Horn an den Falschen geraten. Vor allen Dingen konnte diese Dame sich nicht vorstellen, weil es aller ihrer Lebenserfahrung widersprach, dass Mitarbeiter auf Gedeih und Verderb hinter ihrem Chef standen. Das bewies sich jetzt, als die Tür von Horns Büro einen Fußtritt bekam und Wolf ins Zimmer stürmte.

„Hier hast Du alle Unterlagen zum Thema Pan Tau. Von mir aus übergib die Zusammenarbeit einem Anderen. Aber unterstelle mir nicht, ich hätte etwas schleifen lassen oder verschludert", blaffte Wolf. Er knallte einen dicken Ordner auf Horns Schreibtisch. Dann drehte er sich wutschnaubend um und verschwand.

„Darf ich?" Carmen Franke nahm den Ordner, ohne auf eine Antwort zu warten, blätterte in den ersten Seiten. „Typisch Wolf", fand sie. „Eine Sauklaue, aber ganz detaillierte Notizen. Das ist ja wie ein Tagebuch, sogar mit Überlegungen zu den einzelnen Punkten."

Dann hätte er viel mehr darüber mit anderen sprechen müssen, fand Horn. Die Profilerin schüttelte den Kopf. Was sie lese, gebe Anhalte, aber was damit anzufangen sei, könne eigentlich nur Wolf sagen. Aber so wie es aussehe, hätte er das von sich aus über kurz oder lang intern zur Debatte gestellt. „Beste Vorarbeit", befand die Wissenschaftlerin.

Jetzt zeigte sich, weshalb Horn nicht nur ein geschätzter, sondern ein beliebter Chef war, hinter dem seine

Leute auf Gedeih und Verderb standen. „Hol' bitte Wolf und die Stein zu mir, ich muss mich entschuldigen und mit Euch beraten!" Carmen konnte sich vorstellen, wie es weitergehen würde.

So kam es auch. Horn machte kein Hehl daraus, dass er nur den Frust abgelassen hatte, den er selbst abbekommen hatte. „Unsere Ex-Vize hat im Ministerium in Unterlagen von uns geschnüffelt. Da hat sie entdeckt, dass es über einen langen Zeitraum nichts zum Thema Pan Tau in den Akten gibt. Für sie ein gefundenes Fressen, mir einen reinzuwürgen."

Da sei noch etwas, räumte Horn ein. Die Ex-Vize habe herausgefunden, dass er vor seiner Ehe ein flüchtiges Verhältnis mit Petra Steingehabt habe. Das schnell von beiden beendet worden sei. Aber es habe die Beziehung gegeben. Und nun versuchte die frühere Chefin, Wolf damit unter Druck zu setzen.

Calvados reichlich sei das beste Mittel gegen diesen perversen Versuch, einen Keil in OK zu treiben. Fanden jedenfalls Horn und Wolf, wenig später auch die Damen in der Runde. Carmen wandte sich nach dem zweiten Glas an Horn: „Ich nehme an, Deine Frau weiß von dem früheren Verhältnis?" Petra Stein nickte ebenso wie ihr Chef. „Dann sollten wir das gesamte OK zusammentrommeln und allen reinen Wein einschenken. Damit jeder weiß, was, womit gegen uns alle versucht wurde." Damit sei so etwas für alle Zukunft unterbunden.

Das Wolf'sche Telefon klingelte anhaltend. Der Besitzer war nicht im Büro, sondern half Kollegen, Spuren eines anderen Falles zu beurteilen. Deshalb ging Horn ans Telefon und hatte die Freude, einen Deutsch sprechenden Kollegen von Pan Tau am Telefon zu haben. Ja, ließ dieser wissen, man habe etwas Neues zu berichten. Aber das gehe nicht am Telefon, sondern müsse persönlich abgesprochen werden. Nein, ließ er wissen, das wird nur mit Klaus Wolf und seiner Kollegin was. Denn die wüssten am besten, um was es sich drehe. Der Kollege möge bitte zurückrufen.

Was Klaus Wolf umgehend tat, nachdem ihn Horn in sein Büro geholt hatte. Petra Stein war gleich mitgekommen. „Wir haben diese Wanja einkassiert, die zusammen mit meiner Schwester Ivanka entführt worden war", ließ der junge Kollege Gregor die Frankfurter Beamten wissen. „Wir haben sie erst einmal abgeschottet und verhören sie. Die macht uns erheblich Stress, denn sie will nicht reden, hat die Fronten gewechselt und hält uns für zu blöd, um ihren ‚Freunden' das Wasser zu reichen."

Das mit den mächtigen Freunden mochte Klaus Wolf unbesehen so stehen lassen. „Das deckt sich mit unseren eigenen Erfahrungen", sagte er. „Wir gehen davon aus, es mindestens mit einer gut aufgestellten Bande zu tun zu haben. Eher noch mit zwei oder sogar mehr. Die nur teilweise miteinander, aber im Hintergrund kräftig gegeneinander, agieren."

Schließlich fasste Klaus Wolf einen Entschluss und sagte ohne noch lange zu überlegen zu: „Wir kommen sofort, bringen noch einen Kollegen, mit der sich mit den internationalen Verbindungen auskennt." Dem jungen Kollegen war das Recht. Man hörte Gregors Stimme Erleichterung an, als er sich verabschiedete.

Anders dagegen sah es bei der Gang um Nikolaij aus. Der füllige Russe hatte Angst, es gebe eine Verschwörung gegen ihn und seine Gewährsmänner. Wie Recht er mit dieser Einschätzung hatte, konnte Gregorius Nikolaij zu diesem Zeitpunkt noch nicht ahnen. Aber der Strick um seinen Hals zog sich immer enger zusammen.

Dank internationaler Zusammenarbeit begann die Polizei Europas zu durchschauen, welches Netz die internationale Kriminalität bereits aufgespannt hatte. Gregorius Nikolaij war nur eine – noch – ganz kleine Spinne in diesem weltweiten Geflecht. Zielperson der Ermittlungen war Nikki. Der vorläufig noch ahnungslos schien.

Der Mafiaboss bummelte scheinbar ziellos durch die Prager Altstadt. An einem Andenkenstand unmittelbar an der Alt-Neu-Synagoge stoppte er, kaufte ein Heftchen, auf dem das bärtige Gesicht eines jüdischen Rabbis, umgeben von hebräischen Schriftzeichen, prangte. Ein Mann berührte ihn wie zufällig an der Schulter.

Nikki zuckte nicht einmal, beobachtete aus dem Augenwinkel wie Boris in einer schmalen grauen Eisentür in der Mauer neben dem Turm der berühmten Synagoge verschwand. Der Geruch verriet ihm, dass er dem von ihm geheuerten Killer in ein Pissoir folgte.

„Wir müssen abbrechen", ließ Boris zischelnd wissen, ohne die Lippen sichtbar zu bewegen. „Nicolaij hat herausgefunden, was gegen ihn läuft. Er hat seine eigenen Killer kommen lassen. Der ist nicht mehr allein. Es sieht nach Krieg aus. Es ist viel zu gefährlich, hier zuzuschlagen. Prag ist Terrain der Russenmafia. Da können wir nur den Kürzeren ziehen".

Der Mann aus Chicago zeigte mit keiner Regung, wie ihn diese Nachricht aufregte. „Was machen wir?" Zischte er zurück. Mehrere Männer drängten lautstark schwatzend in den nach Urin und Desinfektionsmittel stinkenden Raum. Nikki drückte sich durch die Gruppe vorbei zum Ausgang, signalisierte seinem Adlatus, zu folgen.

Wie viele andere Touristen auch wandten sie sich dem alten jüdischen Friedhof zu. Nikki setzte sich auf die Fersen, tat so, als suche er unter den Namen auf den durcheinander, übereinander und aneinander gelehnten Steinen nach Hinweisen auf einen Vorfahren. Boris mimte den nur mäßig interessierten Touristen. „Du triffst mich in zwei Tagen in Mostar", flüsterte er, obwohl ihn hier niemand hören konnte. Er nannte ein Café im islamischen Teil der bekannten Stadt auf dem Balkan.

Nikki war einverstanden. Dort kannte er sich aus. Zwei Tage, ging ihm durch den Kopf, müssten reichen, einen neuen Plan zu machen. Jetzt wurde es verdammt eng, wenn man den Russen ihre Grenzen aufzeigen wollte. Bis dahin musste er hier mitspielen.

Zu Recht vermutete der Mann vom Balkan, sein Chef aus den USA habe die Brutalität und Durchsetzungskraft der Russen unterschätzt. Als Grenzgänger zwischen diesen beiden kriminellen Welten wusste Boris Bescheid. Ihm war klar, wie schwierig jetzt jede Aktion werden würde.

So weit war Nikki noch nicht. Er widensprach seinem Mitarbeiter nur nicht, weil er keinen Ersatz für den Killer hatte. Es war einfach noch nicht so weit, dass man seitens der ehrenwerten Gesellschaft an jeder Hand fünf willige, weil abhängige, Helfer herbeischnipsen konnte. Männer oder Frauen, die jeden Auftrag ausführen würden. Aber bald … Verdrießlich machte er sich auf den Weg in sein Hotel, um für den Kurztrip nach Mostar zu packen. Er hasste Europa und sehnte sich zurück nach Chicago.

Im geheimen Stützpunkt von Pan Tau an der Grenze zwischen Tschechien und der Bundesrepublik bahnte sich eine neue Entwicklung an. Als Wanja in den Vernehmungsraum geführt wurde, zeigte sie sich hochnäsig. Wer die Fremden seien, begehrte sie von Jan Cosmas zu wissen. Und vor allen Dingen, ob sie jetzt endlich freigelassen werde.

„So weit sind wir noch lange nicht", ließ der Kommandant von Pan Tau sie wissen. „Du hast dich dermaßen unkooperativ verhalten, dass wir uns Hilfe in Deutschland geholt haben. Wir werden weitersehen …"

„Das glaube ich eher nicht", ließ Wanja schnippisch wissen. „Ich wüsste nicht, was ich Euch zu sagen habe. Ihr habt einen harmlosen Partygast, mich, einfach festgenommen und aus Prag verschleppt. Das muss ich mir nicht gefallen lassen. Ich weiß ja nicht einmal, wo ich bin."

„Mit Sicherheit wird das nichts", ließ sich Gregor zum ersten Mal hören. „Es gibt jemand, der Dich sehr genau kennt und über Deinen Frontenwechsel sehr erstaunt ist." Wanja sah ihn verwundert an. Das glaube sie nicht, meinte sie noch und hüllte sich in Schweigen.

Jan Cosmas begann, in seinen Akten zu blättern. „Du bist mit einer Freundin auf einem Dorffest in … er suchte den Namen des Ortes, „und von dort mit zwei Männern mit einem Westwagen weggefahren," stellte er fest. "Was ist eigentlich aus Deiner Freundin geworden?"

Wanja zuckte mit den Schultern, was in ihrem Overall für sehenswerte Bewegung sorgte. „Woher soll ich das wissen? Wir haben zwei Männer kennengelernt. War sehr schön und lustig. Sie wird's gemacht haben wie ich. Bin ich mit meinem Freund weg. Was aus ihr geworden ist? Keine Ahnung. Aber ich bin noch mit meinem Freund zusammen. Der arbeitet im Moment im Westen."

Klaus Wolf schüttelte den Kopf. Er zog wortlos ein Foto aus der Brusttasche, warf es auf den Tisch. Wanja erstarrte. Auf dem Bild war das Gesicht Petars im Halbprofil zu erkennen. Ebenso wie der zerschossene Teil des Genicks. Eindeutig: Der Mann war tot.

Die junge Frau schrie auf. „Wer", stieß sie hervor, „wer hat das gemacht? Wer hat meinen Freund so zugerichtet?" Sie brach in haltloses Schluchzen aus.

Der Kommandant von Pan Tau ließ ihr Zeit. Endlich fragte er mit ungewöhnlich sanfter Stimme: „Du hast ihn sehr gemocht?" Wanja konnte nur nicken. Dann straffte sie sich. „Ich will alles wissen", stieß sie hervor. „Dann können wir reden. Vielleicht ein wenig."

Verblüfft über die guten deutschen Sprachkenntnisse ihrer beamteten Gegenüber, aber auch der jungen Frau, begann Petra Stein über die Vorfälle im Odenwald zu berichten. Sie ließ nichts aus, verschwieg auch nicht, dass es bisher noch nicht gelungen war, den Toten zu identifizieren."

„Es ist mein Freund Petar. Er und sein Kumpel Kosmas waren es, mit denen wir damals nach Prag gefahren sind", berichtete Wanja zögerlich. „Wir wurden schnell getrennt. Was mit Ivanka wurde, habe ich bis heute nicht erfahren. Aber ich habe mich in Petar verliebt."

Dann gab sie sich einen Ruck. „Gut jetzt ist es auch egal: Ja, ich habe ihm mit den Mädchen geholfen. Wir haben sie nach Deutschland gebracht. Ich bin mit bis in den Odenwald gefahren, da waren sie an einem Stausee. Ich bin nicht lange geblieben, sondern als Erste weg. Petar hat mich abgeholt, wenn er die Prämien bar kassiert hat."

Wer denn die Organisation im Hintergrund sei, wollte Rhoddlyn wissen. „Das interessiert uns am meisten." Dazu konnte oder wollte Wanja nichts sagen. „Ich kenne nur einen Russen: Gregorius Nikolaij. Der hat bei Petar das Sagen. Petar hat nur nach seinen Anweisungen gehandelt."

Als sie das Datum des tödlichen Schusses erfuhr, nickte die junge Frau. „Da war Petar im Odenwald. Es gab Probleme mit Mädchen." „Was hat Petar damit zu tun?" Wollte sie wissen.

„Habt ihr auch Mädchen direkt nach Frankfurt geliefert?" Begehrte Petra Stein nach einer Pause zu wissen. Wanja glaubte, sich zu erinnern. „Waren nur die besten und schönsten Mädel die da hin. Auch nur freiwillig. Da hatte ein Ungar …"

Für die Kommissare aus Frankfurt begann sich der Nebel zu lichten. Aber warum musste Petar sterben? Wenn sein Chef Gregorius Nikolaij war, meinte Rhoddlyn finster, könne das nur auf Auseinandersetzungen zwischen den amerikanischen Mädchenhändlern und den russischen „Kollegen" in der Gang hinauslaufen.

Dann sei wahrscheinlich, dass Petar losgeschickt wurde, die Disziplin im „Knusperhäuschen" herzustellen. Denn dass sich die Chefin dieses Etablissements ohne Probleme von den Gangsterbossen hätte absetzen können, war mehr als unwahrscheinlich. Das eine oder andere könnte dort mit den Mädchen schiefgelaufen sein. Aber diese Hintergründe solle man nicht mit oder vor Wanja diskutieren.

Was für Gregor das Signal war, die junge Frau wieder abzuführen. Er packte sie am Arm und schob sie zur Tür. Wanja wankte und schien kurz vor einem Zusammenbruch zu stehen. Der Beamte schloss die Tür auf.

Diesen Moment hatte Wanja offenkundig abgepasst. Mit einem schnellen Griff riss sie den Schlüssel an sich, spurtete raus und warf die Tür hinter sich ins Schloss. Weder Gregor noch seinen Chef schien das aufzuregen. „Sie kommt nicht weit", meinte Jan Cosmas. „Der Schlüssel passt nur auf diese und auf die Tür zum Zellengang. Weiter geht es nicht. Die Kollegen kümmern sich um sie."

Ungerührt fragten die Beamten aus Tschechien ihre Frankfurter Kollegen nach den ihnen bekannten Zusammenhängen. Rhoddlyn übernahm den Anfang. „Wir haben in Baden-Baden ein Zusammentreffen mit russischen und amerikanischen Bandenvertretern verdeckt observiert. Dabei haben sich zwei führende Köpfe herauskristallisiert. Auf russischer Seite Gregorius Nikolaij, auf amerikanischer Nikki, ein Italiener mit amerikanischem Pass und Wohnsitz in Chicago. Unser Mann ist eine der ganz hoch angesiedelten Mafiagrößen im Drogen- und Mädchenhandel."

📖

Rhoddlyn kam einen Tag nach dem Ausflug nach Teplice mit einer erschreckenden Information zu OK. „Wir haben eine Sache im Kosovo aufgeklärt", erzählte er. „Unsere Militärpolizei hat ein Bordell ausgehoben, das unsere Soldaten direkt neben ihrem Feldlager eingerichtet haben." Das schlimmste an der Sache sei: Die Mädchen, die sich dort den Soldaten hingaben, waren Schülerinnen.

„Alle kamen aus ein und derselben Oberschule", sagte er mit belegter Stimme. „In den Puff geschafft hat sie die Direktorin der Schule, die dafür von unseren Leuten gut bezahlt worden ist. Unsere Militärpolizei hat sie festgenommen, muss sie aber wieder laufen lassen. Wir haben kein Recht, gegen sie vorzugehen". Rhoddlyn war darüber mehr als sauer.

„Was hat das mit uns zu tun?" Wollte der praktisch denkende Klaus Wolf von seinem amerikanischen Kumpel wissen. „Angeblich hat bei einigen Mädchen eine gewisse Wanja aus Prag mitgemischt", sagte der, „und einige der Mädel haben von Petar und Cosmas gesprochen, die ihnen einen guten Job in Deutschland versprochen hätten. Aber dafür müssten sie erst einmal ordentlich Geld ranschaffen. Was ja mit den Soldaten wenig Mühe und sogar Spaß mache.

„Sogar einige gerade zwölfjährige Mädchen", entrüstete sich der Amerikaner, „haben meine Kollegen in einem weiteren Bordell gefunden. Die kamen aus ziemlich angesehenen bosnischen Familien, waren nicht aus der armen Unterschicht. Aber alle verängstigt." Es gebe, meinte der Amerikaner, mindestens zwei konkurrierende Gangs, die bei den Soldaten Mädchen und wohl auch Drogen anböten.

In insgesamt vier Freudenhäusern, wenn man bei Zelten von solchen reden könne, hätten immer wieder Mädchen von einem „Nikki" geredet, der für alles sorge. Der kümmere sich auch darum, dass sie immer Geld in der Tasche hätten.

Von Petar oder Cosmas wussten diese Mädchen nichts. Dafür kannten das Duo aber andere, die aus Tschechien oder Polen seien.

„Einer unserer Sergeanten, die da beteiligt sind, ist umgekippt. Er hat geredet", berichtete Rhoddlyn weiter. „Nikkis Leute gehen bei der Rekrutierung der Mädchen immer nach dem gleichen Muster vor. Sie lungern vor Schulen herum, beobachten die Mädchen. Besonders wichtig: lange Beine und ordentlich Busen."

Hätten sie ein mögliches „Objekt" für ihren Nachschub entdeckt, würde sorgfältig das Umfeld observiert. „Die lassen sich richtig Zeit", stellte Rhoddlyn lapidar fest.

Im Vorfeld versuchen die „Scouts" herauszufinden, wer ihrem Opfer in seinen Familien sehr nahesteht. „Einem Bruder, einer Tante oder dem Lieblingsonkel werden die Beine gebrochen oder sie werden zusammengeschlagen", beschrieb der zusammengeklappte Sergeant gegenüber der Militärpolizei das weitere Vorgehen. „Dann werden die Mädchen von der Straße weggefangen wie Hunde oder Katzen. Die Mädchen sind Freiwild für diese Männer. Ohne Umschweife kriegen sie erklärt, was man von ihnen erwartet."

„Wenn ihr nicht mitmacht, bringen wir Deinen Liebling um", drohen die skrupellosen Zuhälter. „Und", fuhr Rhoddlyn fort, „aus Angst machen die Mädchen alles, was man von ihnen fordert. Die Sitten auf dem Balkan sind total verroht. Nicht zuletzt unserer Soldaten wegen. Von GI's, die vorgeben Freiheit, Demokratie und humane Ziele zu verteidigen, hätte ich das nicht erwartet."

Der Undercoveragent schien sichtlich erschüttert. „Ich habe mit einer Frau gesprochen, die hat einen Unterschlupf für solche Mädchen eingerichtet, versteckt sie auf ihrem Bauernhof. Natürlich ist der Zufluchtsort der Mädchen streng geheim", beendete der Amerikaner seinen Bericht.

Es gebe, wusste Carmen Franke, in Bosnien eine Organisation, die solchen Mädchen helfe. Die Profilerin hatte sogar einen Namen parat: „Die Organisation heißt LARA. Sie wird, und das sollte Balsam für Deine geschundene amerikanische Seele sein", wandte sich Carmen an Rhoddlyn, „von der bekannten amerikanischen Hilfsorganisation Care unterstützt."

Das sei nur ein schwacher Trost, fand der Undercoveragent. „Viel besser wäre, solche Organisationen müssten sich gar nicht erst um derartige Probleme kümmern. Aber wir haben selbst Schuld daran. Nirgendwo sonst hat sich die Organisierte Kriminalität so ausgeprägt entwickeln können wie in den USA."

Die deutschen Kollegen gaben ihm recht. „Wir haben hier auch Netzwerke gegen Menschenhandel", stellte die Stein fest. „Aber wer nimmt diesen Kampf denn ernst? Der Bürger sieht nichts davon, will nichts davon hören. Oft heißt es sogar, die Frauen seien an ihrer Lage selbst schuld. Sie zögen Wollust und Luxus einem arbeitsamen

Leben vor. Deshalb gingen sie anschaffen. Wie die Wirklichkeit der Frauen aussieht? Wer kann da schon mitreden."

Rhoddlyn war verblüfft. „Wieso kennst Du Dich so gut in diesem Metier aus?" Fragte er Petra, die er so gern als „flotten Käfer" oder „Herzchen" bezeichnete. Er begann immer mehr, eine gehörige Portion Respekt für die attraktive Beamtin zu entwickeln. „Ich war vor OK bei der Sitte!"

„Es pfeifen doch die Spatzen von den Dächern", setzte Petra Stein dann ihren Monolog fort, „seit die Grenzen zu den Ostblockländern offen sind, boomt das Geschäft der Schlepperbanden. Mittlerweile sind die Umsätze auf diesen Märkten sogar höher als im Drogen- und Waffenhandel, und dabei ist das Risiko für Täter auch noch geringer."

„Wem von uns sagst Du damit etwas Neues", mischte sich Peter Horn, der unbemerkt in den Raum gekommen war, in das Gespräch ein. „Findet ihr nicht, dass es hier etwas eng ist? Wir könnten zu mir gehen. Ich habe da im Büro …"

Der Flasche mit dem feinen, alten Calvados in Horns Schrank bekam dieser Vorschlag sehr schlecht. Rhoddlyn schlug deshalb schließlich vor, er werde in Kürze für einen wirklich guten amerikanischen Whiskey sorgen. Sein Kumpel Wolf nahm's mit Skepsis. Er stand mehr auf die schottische Variante.

📖

Die Männer zuckten die Schultern, während sich Petra Stein in Schweigen hüllte. Sie war mit ihren Gedanken weit weg. Ohne es zuzugeben, ärgerte sie sich über Carmen Franke. Ihrem Empfinden nach nahm die zunehmend ihren Platz ein. Außerdem verbrachte sie nach ihrem Dafürhalten zu viel Zeit am Krankenbett ihres inzwischen von der zweiten Kugel befreiten Kollegen.

Sie gestand sich nicht ein, dass sie das enge Verhältnis des Teams Carmen Franke / Jobst Hahn ärgerte. Weil ihr eine solche Verbindung zu Klaus Wolf nicht gelang. Wobei die Frage immer noch offenblieb, ob sie das auch wirklich wollte.

Rhoddlyn legte ungewollt einen Finger in die Wunde, als er sie ansprach: „Na denkst Du darüber nach, wie Du Klaus verführen kannst?" Versuchte er zu necken. Er war über die Reaktion der Kommissarin ebenso erstaunt wie die anderen im Raum.

Wütend sprang Petra auf und rannte aus dem Büro. Carmen Franke ging ihr nach, während die Männer unbeeindruckt weiter über den aktuellen Fall sprachen. Petra Stein saß im Aufenthaltsraum. Sie hatte Tränen in den Augen, als sich die Profilerin neben sie setzte und ihr die Hand auf den Arm legte. Was die beiden Frauen besprachen, hat niemand erfahren.

Klaus Wolf war der Erste, dem eine Änderung im Verhalten seiner Kollegin auffiel. Sie gab sich ihm gegenüber spröde, reagierte nicht mehr sofort auf seine Anspielungen und seine Scherze. Als er fragte, zuckte sie nur mit den Schultern. In einer Weise, die Wolf sehr aufmerksam nach ihr sehen ließ. Brüsk wandte sie sich ab, als er hierzu eine Bemerkung machte.

Am nächsten Wochenende schlug sie seine Einladung zu einem gemütlichen Kochabend aus. „Da habe ich etwas vor", sagte sie und gab sich Mühe, in ihrer Stimme kein Bedauern mitschwingen zu lassen. Vielmehr klang es so, als freue sie sich auf einen Abend in der Mainmetropole. Was sie vorhabe? Petra Stein gab keine Antwort, zuckte nur wieder mit den Schultern.

Wenig erfreut, den Auftakt seines freien Wochenendes allein verbringen zu müssen, packte Wolf seine Einkäufe für den Kochabend in die Kühltruhe. Er verzog sich in seine Stammkneipe. Wo er sich wenig gesellig zeigte und meist nur rauchte, ohne sich wie sonst an den Gesprächen zu beteiligen.

Petra Stein verbrachte den Abend missmutig in ihren vier Wänden. Was Wolf wohl anstellen mochte? Ob er auch allein daheim saß oder ob er sich ein Abenteuer suchte? Vielleicht hatte Carmen mit ihrer ganzen Psychologie doch unrecht und es war nicht richtig, auf einmal zu zicken. Die junge Frau seufzte, nahm sich ein Buch und legte sich bei leiser Musik auf ihr Sofa.

Sie schlief nach wenigen Seiten ein und träumte schlecht. Ein ständig erklingender Gong störte den Fluss ihrer Träume. Schließlich merkte Petra Stein, dass der Gong Realität war und zu ihrem Telefon gehörte.

Der Diensthabende bedauerte, sie stören zu müssen. Klaus Wolf sei leider nicht zu erreichen, weshalb sie … Es dauerte, bis die Kommissarin in der Lage war, sich auf den Anruf zu konzentrieren. Aber dann war sie hellwach. „Angeblich ist der Ali vom ‚Knusperhäuschen' erschossen worden. Regelrecht hingerichtet", sagte der Diensthabende. „Er liegt noch in der Elbestraße auf dem

Pflaster und muss identifiziert werden. Wir haben rundum alles abgesperrt. Die Spusi ist unterwegs."

Sie ging ins Bad, um sich ein paar Hände kalten Wassers ins Gesicht zu werfen, um halbwegs fit zu werden. Der Samstag war im Eimer, sinnierte sie. Schminken sei für diese Tour wohl kaum nötig befand sie. Dann verzichtete sie sogar auf Lidstrich.

An ihrem Mini angekommen griff sie unter den Sitz und zog das mobile Blaulicht hervor, befestigte es mit dem Vakuumfuß auf dem Dach. Als sie in die Hauptstraße einbog, schaltete sie beide Sondersignale an. Entgegen sonstigem Verhalten war ihr Fahrstil aggressiv.

Weshalb sie zum Erstaunen der Uniformierten erstaunlich schnell am Tatort eintraf. Noch immer betrachteten die Kollegen den Mini mit Blaulicht verwundert. Ein solcher „Kinderwagen" als Einsatzfahrzeug? Aber die Kripo hatte ja sowieso Sonderrechte. Und erst recht OK.

Petra Stein betrachtete den Toten auf dem Pflaster kritisch. Schnell war sie sich sicher. „Das ist er", sagte sie zu dem Kollegen, der neben ihr stand. „Wer hat ihn gefunden?" Der Uniformierte schüttelte den Kopf. „Wir wissen es nicht", sagte er. Es kam ein anonymer Ruf über die 112 rein. Hier habe sich einer schwer verletzt. Das Übliche halt. Gesehen haben will keiner was."

Der Kommissarin war das nichts Neues. Sie kannte dieses Verhalten noch aus der Sitte, als sie selbst hier Pflaster getreten hatte. Nickend signalisierte sie Zustimmung, die Leiche abzutransportieren. „In die Pathologie", sagte sie, „obwohl ich nicht glaube, dass da viel Anderes rauskommt als wir sehen. Das Loch zwischen den

Augen ist groß genug. Frage mich nur: Was hat der hier zu suchen?"

Auf diese Frage konnte ihr niemand eine Antwort geben. Aber die Spurensicherung hatte weitere Erkenntnisse. „Der Fundort ist nicht der Tatort", stellte einer der Männer lapidar fest. „Hier sind keine Patronenhülsen; nicht mal eine einzige." Der Leiter des Expertenteams hatte noch etwas: „Sieh Dir diese Reifenspuren an. Hier hat ein Wagen scharf gebremst, ist dann wieder mit hoher Geschwindigkeit weiter. Könnte ein Van sein."

Ob er aus den Spuren mehr Hinweise auf das Fahrzeug ableiten könne, wollte der Kollege Petra Steins nicht beschwören. „Da braucht es mehr, als ich bis jetzt sehe", meinte er, „aber die Möglichkeiten heute sind ja wesentlich besser als noch vor drei oder vier Jahren. „W'll do our very best", spielte er auf das berühmte „Dinner for One" an. Der Mann wandte sich ab und seiner eigentlichen Arbeit zu.

Schon als sie auf ihren nicht abgeschlossenen Wagen zuging, hörte sie ihr Handy läuten. „Verdammt", fluchte Petra Stein wenig damenhaft, „ich darf nicht immer mein Handy im Wagen hängen lassen, wenn ich an einem Tatort bin. Irgendwann ist das teure Ding weg."

Auf dem Display in der Mittelkonsole blinkte eine Nummer, nachdem der Rufton aufgehört hatte. Sie brauchte nicht lange zu überlegen. Die blinkende Nummer gehörte Klaus Wolf. Als sie die Rückruftaste drückte, wusste die Kommissarin: Ich habe einen Kampf verloren. Nicht aber die Schlacht.

Die Stimme ihres Kollegen klang belegt und sie verstolperte die Silben. Aber nur wenig. In der Stammkneipe, ein paar getrunken und nichts gegessen stellte die Stein eine zutreffende Ferndiagnose. „Ich bin angerufen worden", brachte Klaus Wolf schwerfällig hervor, „aber nicht herangegangen. Wir haben ja frei, aber wenn die schon …"

Seine Kollegin unterbrach ihn. Was kühl klingen sollte, wirkte nicht anders, als bei dem Kommissar. „Ich wurde erreicht. Ali ist erschossen worden. Mehr als identifizieren ist heute nicht mehr drin. Alles andere hat Zeit bis Montag. Fundort ist nicht Tatort."

Die Kommissarin schwieg. Der Kommissar schwieg. Schließlich fragte der Beamte seine Teamgefährtin mit belegter Stimme, fast bittend: „Magst Du kommen? Sch … Telefon. Ich bin allein in dieser Kneipe."

„Ich hole Dich ab." Die Stimme der Stein klang resolut. „Bestell für mich was zu essen…", sie korrigierte sich, „für uns beide. Was Ordentliches, aber erst", … sie sah auf die Uhr … „für in einer dreiviertel Stunde. Rühr Dich nicht vom Fleck und lass die Finger vom Schnaps." Dann legte sie auf und startete den Wagen.

Auf der Autobahn in Richtung Darmstadt dachte die attraktive Frau darüber nach, wie es weitergehen sollte. So wie bisher würde es nicht mehr laufen. Petra Stein befürchtete, jetzt eine Grenze überschritten zu haben. Aber sie hatte das Heft in der Hand. Sie würde alles Weitere bestimmen. Hoffte sie jedenfalls.

Der Meinung war sie auch noch, als sie in Wolfs Stammkneipe kam. Sie saß ihm gegenüber und trank mit einem gewaltigen Zug fast das ganze Glas Bier leer, das der Wirt ihr unaufgefordert hingestellt hatte. Herausfordernd sah sie ihrem Teamgefährten in die Augen.

Klaus Wolf senkte den Blick. Dann hob er den Kopf, gab sich einen Ruck. „Du siehst gut aus, heute Abend", brachte er heraus. „Warum hattest Du bei diesem Einsatz keinen BH an?"

Petra Stein stutzte, fasste an ihre Bluse. Der Kollege hatte recht. Sie hatte das lästige Teil abgelegt, als sie es sich auf dem Sofa bequem gemacht hatte und dann vergessen, es wieder anzuziehen. Sie zuckte die Schultern, was auf Klaus Wolf unerwartete Wirkung hatte.

„Betrunken bist Du noch nicht?" Wollte Petra von ihrem Kollegen wissen. Der schüttelte den Kopf. „Aber seit heute weiß ich es", würgte er hervor. „Ich habe es nie gewollt. Aber ich gebe zu, ich bin in Dich verliebt. Nicht erst seit jetzt. Aber nun ist das kein Spaß mehr."

Seine Hand suchte die ihre. „Wir wollen es langsam angehen lassen", gab sich Petra Stein zurückhaltend. Ihr Partner schüttelte den Kopf. „Das haben wir zu lange getan. Es ist jetzt vorbei und ich wehre mich nicht mehr." Sie sahen sich tief in die Augen und schwiegen, bis der Wirt das Essen brachte.

Schweigend aßen sie und schwiegen auch noch, als der Gastronom ihnen zwei Klare zur Verdauung brachte. Klaus Wolf zahlte und sie gingen Hand in Hand über den Hof der Gaststätte zu Petra Steins Wagen. Sie fuhr zu Wolfs Wohnung und schweigend schloss er auf. Dann nahm Klaus Wolf Petra Stein in die Arme. „Wie ich noch nie umarmt worden bin", sagte sie sehr viel später einmal ihrer Freundin Carmen.

📖

Am Montagmorgen stand schon sehr früh Perdita im Besuchszimmer von OK. Erstaunlich gefasst fragte die Chefin des „Knusperhäuschens" nach den Umständen, unter denen Ali gefunden worden war. „Ich wusste, dass mein Lebensgefährte in Transporte mit Mädchen verwickelt war", räumte sie ein. Er hat für diesen Russen, Gregorius Nikolaij, gefahren. Aber es hat Ärger gegeben und er hat aufgehört. Wir sind beide ausgestiegen. Haben auf eigene Rechnung gearbeitet. Mit eigenen Mädchen. Knusperhäuschen war immer meins."

Ob sich das im Milieu herumgeschwiegen hätte? Das wisse sie nicht, reagierte Perdita auf die entsprechenden Fragen von Petra Stein vorsichtig. Aber sie glaube nicht, dass so wichtige Dinge unbemerkt bleiben könnten. „Die haben überall ihre Spürhunde", sagte Perdita.

Dann kam eine Erinnerung, die die statueske Blondine verwundert hatte: „Der Ali hat vor ein oder zwei Tagen einen Mann getroffen. In Darmstadt. Von dem hat er gesagt, mit dem hat man besser nichts zu tun." Dieser Bosnier sei ein eiskalter Killer. Das habe er schon mehr als einmal bewiesen. Es sei noch nicht lange her, da habe er einen Job in Frankfurt angenommen. An dem arbeite er noch.

„War schwierig", hat er Ali gesagt, „sollte aber sehr viel Geld bringen. War ganz wichtig gewesen. Dahinter steckten mächtige Männer auf dem Balkan." Die hätten Waffen im Überfluss. „Tolle Wummen", hatte er bei Ali von deren Ausrüstung geschwärmt.

Die Kommissare waren ganz Ohr, aber mehr wusste Perdita nicht. Oder gab zumindest vor, nichts zu wissen. Allerdings fiel ihr dann doch noch ein Name ein. „Nur ein Vorname" sinnierte die Bordellchefin, „es war, glaube ich Boris oder so."

Der Name und die Tatumstände vom „Knusperhäuschen" wurden an Pan Tau übermittelt. Dort schrillten bei Jan Cosmas die Alarmglocken. „Wir haben einen Boris, der den Beinamen ‚der Killer' hat", sagte er Klaus Wolf am Telefon. „In unserer Kartei ist der Bosnier als Dolmetscher bei den US-Truppen auf dem Balkan geführt. Gilt als sehr gefährlich. Arbeitet angeblich mit dem amerikanischen Geheimdienst zusammen."

Ob es einen Mitarbeiter dieses Namens bei einem der amerikanischen Geheimdienste gebe, könne nur einer herausfinden, fand Klaus Wolf und rief prompt Rhoddlyn an. Den er umgehend zu OK bat. Der Undercoveragent hörte sich an, was Klaus Wolf von dem tschechischen Kollegen erfahren hatte. Er bat, telefonieren zu dürfen.

„Wir werden noch einmal nach Teplice müssen", sagte Rhoddlyn wenig später. „Ich habe mir eine Akte besorgt. Die ist Dynamit pur, wenn nur die Hälfte von dem stimmt, was hier steht." Carmen griff nach der Akte, aber Rhoddlyn hielt sie fest und verschlossen. „Die bekommt niemand in die Finger; nicht einmal reinschauen ist drin, ", wehrte er ab. „Dieses Papier hat die höchste Geheimhaltungsstufe der CIA".

Gemeinsam gingen Klaus Wolf und Rhoddlyn in das Wolf'sche Büro. Klaus schloss die Tür. „Jetzt zur Sache, was ist mit dem Kerl?" Der Amerikaner nickte. „Der Boris unserer Akten ist ein Spezialkämpfer der Russen gewesen, als der Ostblock noch stand. Ausgebildet worden dafür, im Westen unauffällig Feinde auszuschalten. Als der Ostblock aufhörte ein Block zu sein, hat er sich uns angeboten."

„Und für Euch weitergemacht?" Wolf war schockiert. Rhoddlyn nickte. „In gewissem Sinne ja. Wir haben ihn abgeschöpft und ihm dafür Straffreiheit zugesichert. Weil angeblich ein Todeskommando auf ihn angesetzt war, haben wir ihm später einen Job als Dolmetscher bei einem unserer Stäbe auf dem Balkan gegeben."

Weil es Verdachtsmomente gegen Boris gebe, so Rhoddlyn weiter, sei er vor ganz kurzer Zeit auf den Mann angesetzt worden. „Wir haben bisher keine Erkenntnisse gehabt. Aber jetzt, dank der Informationen von Pan Tau und Deinen Ermittlungen, wissen wir mehr: Der Bursche hat uns reingelegt, arbeitet für die Mafia und hat etliche Morde auf dem Gewissen. Außerdem ein fettes Nummernkonto in der Schweiz. Sein Kontaktmann ist der berüchtigte Nikki aus Chicago".

Das reiche eigentlich, um auf ihn loszugehen, meinte Wolf. Aber der Amerikaner schüttelte den Kopf. „Wegen der Absprachen sind mir die Hände gebunden. Jedoch Pan Tau nicht. Die können gegen ihn vorgehen. Freilich müssen vorher die Fingerabdrücke und verschiedene andere Kriterien kriminaltechnisch exakt abgeprüft werden. Das geht nur mit den Originalakten. Meinen und denen von Pan Tau. Wann können wir fliegen?"

Von ihm aus könne es sofort losgehen, sagte Wolf seine Mitarbeit zu. Es werde ja nicht allzu lange dauern, hoffte der Frankfurter Kommissar. Womit er recht behalten sollte.

Denn jetzt war Geheimhaltung nicht mehr unbedingt nötig und auch kaum noch möglich. Der amerikanische

Hubschrauber mit Rhoddlyn und Wolf an Bord hob wenig später vom Präsidium ab und flog direkten Weges bis zu dem Grenzübergang an der Autobahn bei Teplice. Hier stiegen die Besucher zu Gregor in einen Pkw, der sie in das einsame Hauptquartier ihrer Kollegen brachte.

Dort liefen sehr schnell die Routineüberprüfungen von Fingerabdrücken, Blut und DNA ab. Sie brachten volle Übereinstimmung. „Damit steht Boris als Berufskiller fest", fand Klaus Wolf. „Aber wie gehen wir vor?"

Darüber müsse man sich klar werden, meinten sowohl Gregors Chef als auch Rhoddlyn. „Was mich am meisten härmt: Ich kann gegen den Keil nicht auf meine Weise vorgehen. Der DEA sind die Hände wegen der Zusagen des CIA gebunden ...", befand Rhoddlyn.

„Jetzt kommen wir ins Spiel", meldeten sich die Vertreter von Pan Tau zu Wort. „Er hat eindeutig auf unserem Boden aus Straftaten vorbereitet, wahrscheinlich sogar begangen. Deshalb haben wir das Recht, ihn uns zu greifen."

„Aber nicht in Deutschland", wollte Klaus Wolf Grenzen aufzeigen. Ärgerlich schüttelte der Chef von Pan Tau den Kopf. „Wer sagt, dass Du etwas davon wissen musst?" Fragte er dann. Klaus Wolf riss die Augen auf. Er schüttelte den Kopf. „Ich muss ganz klar sagen: Geht nicht. Das wisst ihr alle?"

Die Männer um den Frankfurter Kommissar nickten. Jan Cosmas und Rhoddlyn sahen sich an. Klaus Wolf erkannte das Verständnis in den Augen der beiden Männer. Er wusste Bescheid. Doch er sagte nichts mehr. Wozu auch? Die Würfel waren gefallen.

Eine Frage beschäftigte Klaus Wolf mehr als alles andere. „Ich bekomme eine Sache nicht gebacken. Wenn er am ‚Knusperhäuschen' war, was wollte Boris dort? Was hatte Petar ihm getan und Punkt zwei, warum hatte Petar es auf Inga abgesehen?" Die Männer sahen sich an.

„Solange wir die inneren Strukturen der Banden nicht kennen, werden wir darauf keine Antwort finden", meinte schließlich Jan Cosmas. Rhoddlyn gab ihm recht. Aber, gab er zu bedenken, was solle man eigentlich mit dem Wissen um die Struktur der Banden anfangen? Das ändere sich schneller, als man es sich vorstellen könne.

Gregor hatte schließlich eine vage Idee: „Vielleicht hat diese Auseinandersetzung überhaupt nichts mit den Banden zu tun? Denkt mal nach, ob Petar ganz persönliches Interesse an dem Püppchen im ‚Knusperhaus' hatte? Gibt es einen Anhalt für verschmähte Liebe oder so …? Wäre doch auch drin."

Das könne man zwar in Erwägung ziehen, meinte schließlich Klaus Wolf nachdenklich. Aber dafür sei der Aufwand zu groß. Vielmehr, schätze er die Lage ein, habe man Inga töten wollen, um der abtrünnigen Perdita eine letzte Warnung von Gregorius Nikolaij zukommen zu lassen. Makaber aber nicht abwegig fand schließlich auch der Amerikaner. In diesen Kreisen zähle ein Menschenleben nicht mehr als eine taube Nuss.

Weitere Absprachen gab es nicht mehr zu treffen. Weshalb die Frankfurter Kollegen den Männern von Pan Tau die Hände drückten, um noch bei Tageslicht den Rückflug anzutreten. Allerdings nicht, ohne sich noch für einen „Kameradschaftsabend" zu verabreden, wenn die Arbeit getan sei.

In einem Konferenzraum des internationalen Flughafens von Prag setzten Gregor und sein Chef Jan Cosmas die deutschen Kollegen ohne viel Federlesens ins Bild. „Wir haben Gregorius Nikolaij und seine Bande aus St. Petersburg seit einiger Zeit hier in der Stadt. Die Kollegen waren so freundlich, sie verdeckt zu observieren. Außer saufen und telefonieren ist nicht viel passiert. Aber jetzt scheint Bewegung in die Sache zu kommen. Für heute Abend hat Nikolaij einen Saal in einem historischen Restaurant mit Blick auf die Alt-Neu-Synagoge gemietet. Die Personenzahl kommt hin, wenn man Eure Besucher dazu zählt."

Ob man den Saal verwanzt habe, wollte Petra Stein wissen. Gregor schüttelte den Kopf. „Wir hier machen uns nicht lange rum oder suchen nach weiteren Beweisen. Wir greifen heute Abend zu. Dann ist Schluss mit dem Mädchenhandel, den Drogen und den Waffen. Das darf so nicht mehr weitergehen." Die Männer um ihn herum nickten. Klaus Wolf zuckte die Schultern. Rhoddlyn schien hilflos.

Der Amerikaner hatte bis zum Abflug in Frankfurt versucht, einen ranghohen Offizier der KFOR-Truppen auf dem Balkan ans Telefon zu bekommen. Der Offizier habe Wichtigeres zu tun, als mit einem Zivilisten in Deutschland zu telefonieren, wurde er immer wieder beschieden. Langsam dämmerte Rhoddlyn, dass der Army an der Aufklärung der kriminellen Machenschaften ihrer Leute nicht viel gelegen war.

Wenn dieser Einsatz durchgestanden war, würde er Nägel mit Köpfen machen. Er kannte genug Namen, um die innerhalb der DEA weiterzugeben. Es würde keine saubere, eher eine blutige Mission werden. Dafür aber eine Warnung an die gesamte Mafia, die das Militär zu unterwandern versuchte. Ebenso auch an die Soldaten, dass der Arm der Drug Enforcement Agency bis ins Militär reicht.

Die elf Zacken des Daches der Alt-neu-Synagoge, auf dessen Speicher der berühmte Rabbi Löw den Golem erschaffen haben soll, konnte die Einsatzkräfte nur kurz beeindrucken. Sie bummelten zwischen den Touristen auf den Straßen um das historische Gebäude, sogar über den berühmten Friedhof mit den Grabsteinen bekannter jüdischer Wissenschaftler, und stellten fest, dass ihre ganzen „alten Bekannten" sich offensichtlich in Prag versammelt hatten.

„Ich glaube, die wollen eine neue Übereinkunft treffen", mutmaßte Klaus Wolf gegenüber der Stein. Gregor hatte das mitbekommen. „Die müssen. Es ist bei uns Blut geflossen, genau wie bei Euch. Jetzt wollen sie versuchen, ihre Geschäfte zu retten und nicht in unser Visier zu geraten."

Verblüfft zuckte Rhoddlyn zusammen, als er einen kleinen, südländisch wirkenden Mann das feine Restaurant ansteuern sah. Sein Begleiter, mindestens einen Kopf größer als der Südländer, war unschwer als Leibwächter einzustufen. „Das wird hochkarätig", sagte er zu Wolf und Stein, die ohne viel Mühe ein Liebespaar spielten. „Nikki ist hier. Der ranghohe Repräsentant der Chicago-Mafia. Wenn der mitmischt, geht es ums Eingemachte."

Umgehend gaben sie diese Information an die Kollegen von Pan Tau weiter. „Wir warten bis nach der Suppe", entschied sich der Chef der Gruppe. Jan Cosmas schien sich sicher: „Dann Zugriff und fertig!" Ob das allerdings so leicht werden würde, bezweifelte nicht nur Petra Stein. „Es ist wahrscheinlich, dass alle ‚Beschützer' zur Begleitung dabei haben."

Dieser Gedanke schien auch Gregor gekommen. „Wir bitten die lokale Polizei um Hilfe, lassen sie den gesamten Bereich räumen und abriegeln", schlug er vor. Jan Cosmas stimmte zu. So kam es, dass sich immer mehr zivile Polizisten unter die bummelnden und den Abend genießenden Touristen mischten, deren Zahl immer geringer wurde.

Am Fenster des zum Speisesaal umdekorierten Konferenzsaals blickte Gregorius Nikolaij auf die Straße vor dem Haus. „Irgendetwas stimmt da nicht", murmelte er vor sich hin. Mit einem schnellen Blick versicherte er sich, dass seine Kumpel alle in der Nähe und aufmerksam waren. Auch wenn es so schien, als plauderten sie völlig blauäugig mit anderen Gästen.

Auch Nikki schien die ganze Situation nicht zu gefallen. Unauffällig gab er seinem Begleiter ein Zeichen. Im Waschraum trafen sie sich. „Auf keinen Fall Alkohol", wies Nikki seinen Vasallen Boris an. „Du bist für mein Leben verantwortlich. Hier braut sich etwas zusammen. Bisher keine Beweise, nur ein Gefühl. Aber darauf verlasse ich mich."

Boris der Vollstrecker nickte. „Klar Boss. Aber bisher ist alles ruhig. Die Begleiter von Gregorius saufen als gäbe es morgen keinen Wodka mehr. Von denen kann nicht viel ausgehen. Wenn die so weitermachen, können die bis zur Suppe nicht einmal mehr den Löffel heben."

Mit dieser Einschätzung sollte sich Boris täuschen. Der Killer kannte nicht die Nehmerqualitäten dieser Russen, wenn es um Alkohol oder Schläge ging. Hinzu kam noch etwas: Er kannte die jüngsten Entwicklungen noch nicht. Woher sollte er auch. Sein Boss war auf dem Balkan gewesen, hatte im KFOR-Lager der Amerikaner über Mädchen und Drogen verhandelt. Erfolgreich wohl.

Denn er, Boris, hatte nicht eingreifen müssen und ungestört mit einigen der Mädchen seine perversen Spielchen spielen können. Es war fast so gewesen, wie in den gesetzlosen Vergnügungsvierteln an der mexikanischen Grenze. Bis dato hatte er nur dort seine sadistischen Quälereien an den Mädchen ausleben können. Hier waren sie sogar noch jünger gewesen als in Mexiko, war sein Eindruck.

Er lächelte, als die Bilder der Erinnerung vor seinem geistigen Auge deutlicher wurden. Und ihm die weit aufgerissenen Augen eines zu Tode entsetzten Kindes zeigten, kurz vor seinem tödlichen Messerschnitt über die Kehle. Während das Mädchen vor Angst nicht einmal mehr schreien konnte.

📖

Jan Cosmas beschloss, den Zugriff zu beschleunigen. Er forderte Gregor und Rhoddlyn auf, mit ihm ins Restaurant zu gehen und zu sehen, ob die Luft rein sei. Sie kamen nur bis kurz hinter die Eingangstür. Ebenso freundlich wie nachdrücklich erfuhren sie, es tage eine geschlossene Gesellschaft, und wenn sie nicht dazugehörten, möchten sie bitte wieder gehen. Das gehöre zur Vereinbarung für diesen Abend.

„Das gilt wohl kaum für uns", erwiderte Cosmas, während Gregor dem Mann im Frack den Lauf seiner österreichischen Glock 17 in die Seite drückte. Die Drei gaben sich dem erschreckten und verschüchterten Ganymed gegenüber zu erkennen. Ein Blick auf die schwarze 9-Millimeter-Dienstpistole von Militär und Polizei in 50 Ländern reichte, ihn einzuschüchtern.

Unter diesem Schock packte der Entsetzte aus. Ja, räumte er ein, man kenne diese Herrschaften in seinem Hause. Sie seien in der letzten Zeit häufiger mit wechselnden Besuchern da gewesen. Aber nicht in so großer Gesellschaft wie heute. Für diesen Abend sei außer den Bestimmungen für die Speisenfolge eine strikte Anweisung ergangen: Eintritt – auch mit den Speisen – nur nach lautem Klopfen und Bestätigung aus dem Saal. Sie hätten einen streng vertraulichen Geschäftsabschluss anzubahnen, hätten die Herren gesagt. Deshalb gehe niemand etwas an, wer hier zusammenkomme und was besprochen werde.

Gregors Misstrauen war mit Händen zu greifen. Der Geschäftsführer des Etablissements wand sich wie ein Aal. Schließlich rückte er mit einer weiteren Information heraus: Gregorius Nikolaij habe die gesamte Liegenschaft mit Hotel, Restaurant und dem gesamten Personal vor einigen Monaten übernommen. Er selbst werde, ebenso wie die übrigen Mitarbeiter, umgehend „ausgetauscht", falls sie nicht parierten. Wozu auch gehöre, die Namen bestimmter Gäste umgehend zu „vergessen". So wie an diesem Abend. Da gelte die Anweisung für alle, die an dem Bankett teilnehmen.

Hilflos zuckte der Mann die Schultern. „Wir wissen wohl, dass heute einige hochkarätige Gangster aus der hiesigen Szene dabei sind. Aber die meisten Besucher kennt keiner von uns. Viele kommen daher wie Ausländer. Untereinander kennen sie sich scheinbar sehr gut."

Das konnten die Ermittler sich denken. Hier hatten sie ihre ganze Baden-Baden-Connection beieinander. Etwas Gutes konnte dieses Zusammentreffen nicht bedeuten. Denn entweder sollten hier und heute neue Geschäfte angebahnt oder alte Konflikte beigelegt werden.

Ein dezenter Gong klang durch das Foyer. „Die Suppe wird abgeräumt. Jetzt kommt getrüffeltes Rührei mit echtem Belugakaviar. Die gönnen sich wirklich was", sagte der Frackträger in die Gedanken der unerwünschten Besucher hinein. Die nickten. „Servieren Sie die Nobelfresschen", entschied Jan Cosmas. „Als unerwünschte Zugabe stürmen wir dann den Laden."

„Sadist", kommentierte Rhoddlyn diese Anweisung. Gregor machte sich grinsend auf den Weg, seine Einsatzkräfte schnellstens einzuweisen. „Waffen verdeckt halten, aber schussbereit. Wir dürfen kein Risiko eingehen." Dieser Anweisung bedurfte es kaum. Die Männer wussten, was ihnen bevorstehen konnte.

Der Zugriff sollte in zwei Wellen erfolgen, hatte Gregor entschieden. Die ersten Männer von Pan Tau würden in Zivil den Zugriff im Saal starten und dann umgehend von einem dem deutschen Sondereinsatz-Kommando (SEK) vergleichbaren Trupp der Prager Polizei unterstützt werden. Beide Gruppen sollten deutlich stärker als 30 Mann sein. Man könne ja schließlich nicht wissen … Weitere Polizeieinheiten riegelten inzwischen draußen den gesamten Komplex und seine Umgebung ab.

Krachend und gleichzeitig flogen die Türen des Speisesaals auf. Allen voran stürmte Gregor mit seinen Leuten von Pan Tau den Festsaal. „Alle Hände hoch, keiner verlässt seinen Platz", brüllte er und knallte mehrere Pistolenschüsse aus seiner Glock in die Decke.

Das war ein Ton, den Boris zur Genüge kannte. Er brauchte nur Sekundenbruchteile, stürzte sich auf Nikki, riss den zu Boden und rollte mit ihm unter ein Beistelltischchen unmittelbar neben dem schmalen Durchgang zu einer Anrichteküche. Hier half er seinem Boss auf die Füße. Umgehend begann Boris, den Raum auf eine Fluchtmöglichkeit zu untersuchen. Nachdem er den Zugang zum Bankettsaal gesichert hatte.

Auf dem Flur war es ruhig. Als Boris vorsichtig hinauslugte, sah er keine Menschenseele. Er winkte seinem Boss und schob in den Gang entlang bis zu einer schmalen Treppe, die in ein oberes Geschoss und von hier auf den Speicher führte. Eine windschiefe Holztür machte es den beiden Männern leicht, ins Nachbarhaus zu kommen.

Der Rest war relativ einfach für sie. Durch mehrere Kellergänge der alten Häuser erreichten Nikki und Boris eine schmale Seitenstraße, die von fröhlichen Touristen bevölkert war. Unauffällig mischten sie sich unter die Flanierenden.

Davon bekamen die Einsatzkräfte im Saal nichts mit. Die jäh in ihrer Speisenfolge gestörten Männer fuhren hoch. Und dann machte Gregorius Nikolaij den entscheidenden Fehler: Er griff an die Hüfte, um sich den mit Kaviar vollgestopften Mund abzuwischen. Einer der Beamten deutete diesen Griff polizeierfahrungsmäßig falsch. Ein Knall und der füllige Russe sackte mit einem dünn blutenden Loch genau zwischen den Augen auf einen Stuhl. So kam es, dass Gregorius Nikolaij an diesem Abend starb, wie er das Leben geliebt hatte: den Bauch voll Wodka und den Mund voll Kaviar.

Seine Tischgenossen verzichteten auf jeden Widerstand. Der einzig Unzufriedene mit der Aktion war Rhoddlyn. „Wo steckt Nikki", fluchte er, „auf den bin ich scharf. Die anderen brauche ich nicht. Die könnt ihr alle geschenkt haben."

Erst im Präsidium zeigte sich, wie viel Grund Rhoddlyn zur Unzufriedenheit hatte. Bei den ersten Vernehmungen stellte sich heraus, dass außer Nikki noch ein weiterer Mann entkommen war. „Es könnte sich um Boris, unsern Mörder aus Frankfurt, handeln", war sich Klaus Wolf fast sicher. „Deshalb müssen wir umgehend fahnden", ergriff Jan Cosmas die Initiative. Und gab die entsprechenden Anweisungen.

Der entscheidende Hinweis auf die beiden Männer kam vom internationalen Flughafen. An den Abfertigungen von zwei Fluggesellschaften hatte je ein Mann eingecheckt, auf den die Beschreibungen passten. Allerdings nicht die Namen und nicht die Pässe.

Das Ergebnis führte nur zu mäßiger Begeisterung bei den Fahndern. Denn beide Flüge, für die das Duo eingecheckt hatte, befanden sich bereits außerhalb des Luftraumes Tschechiens. Die eine Maschine leitete gerade den Landeanflug auf Wien ein, die andere überquerte gerade Friaul mit Ziel auf den Flughafen von Mostar.

Rhoddlyn wurde aus diesen zwei Gründen unglaublich schnell. Sein Handy kam ins Glühen. Über seine diplomatischen Kanäle forderte er die Festnahme beider

Männer. Was in Wien zu weniger Problemen führte als in Mostar.

Nach ihren Erfahrungen mit dem „dritten Mann" während des Kalten Krieges waren die diplomatischen Stellen ebenso wenig wie die Gendarmerie von dem Ansinnen aus Prag angetan. Nur auf dringliches diplomatisches Bitten einen Mann festzunehmen, von dem man nur einen Abflugort und eine vage Beschreibung hatte? Das machte ihnen die ganze Aktion sehr verdächtig.

Doch dann kam es anders. Als die Maschine auf Schwechat ausgerollt war, beobachtete die Gendarmerie die zum Gate gehenden Passagiere. Einer der Männer wurde aufmerksam. „Der da hinten rechts, mit dem kleinen Trolley. Der ist doch bei uns in der Fahndung", mutmaßte er. Ein Kollege nickte. „Der war hier schon beim Erkennungsdienst, glaube ich jedenfalls. Aber wir mussten ihn laufen lassen …"

Was jetzt dazu führte, dass Boris unauffällig von den übrigen Reisenden getrennt und vom Zoll eingehend gefilzt wurde. Bei dieser Aktion kamen drei Gendarmen dazu. „Sie sind vorläufig festgenommen", verkündeten sie dem Überraschten, „es liegt ein Festnahmeersuchen aus Prag gegen Sie vor."

Boris tat das Beste, was ihm einfiel. Er verstand kein Wort von dem, was die österreichischen Beamten ihm sagten. Als amerikanischer Staatsbürger verlangte er einen Botschaftsvertreter. Ansonsten schweigend verschwand er in einer der Haftzellen in den Katakomben des Flughafens.

Es dauerte nicht lange, dann öffnete sich seine Zellentür. Das Gesicht Boris' wurde je länger, desto mehr die beiden Besucher mit ihm sprachen. Der Botschaftsvertreter eröffnete Boris, dass die US-Behörden auf Antrag der DEA ein Auslieferungsverfahren gegen ihn eingeleitet hätten. Dem sei sofort entsprochen worden, ergänzte er. Weil sich Boris noch im internationalen Bereich des Flughafens befinde und daher von den USA umgehend auf eigenes Staatsgebiet verbracht werden könnte, falls es hierfür einen Antrag gebe.

Dieser sei von ihm gestellt, sagte der zweite Mann, der sich als DEA-Agent zu erkennen gab. „Wir beschuldigen Sie, in die Drogengeschäfte und den Mädchenhandel der Chicago-Mafia verwickelt zu sein", erklärte er an Boris gewandt. „Sie werden von uns ebenso wie dem FBI beschuldigt, als Vollstrecker der Mafia an mehreren Orten der USA und im Ausland unliebsame Personen ermordet zu haben."

Boris zog es vor, zunächst einmal nichts zu sagen. Wozu auch? Er rechnete damit, von Nikki und seinen Leuten unterstützt zu werden, wenn er erst einmal auf amerikanischem Boden war. Dort gab es bestochene Richter und korrupte Beamte genug, die ihn schnell auf freien Fuß setzen würden.

Weniger glatt ging es in Mostar. Als Nikki dort landete, wurde er gleich zum militärischen Teil des Flugplatzes geleitet. Hier traf er mit einigen seiner Freunde aus der US-Army zusammen. „Du musst verschwinden", ließen die ihn wissen. „Am besten auf dem Landweg oder mit einer anderen Identität." Als dann die Meldung hereinkam, Boris sei in Wien von der DEA übernommen und in die Botschaft gebracht worden, schwante Nikki, dass Übles anstand.

„Ich muss nach Deutschland", sagte er nach einigem Nachdenken zu seinen militärischen Komplizen. „Aber ich brauche dort entweder Geld oder Stoff. Noch besser beides. Was haben wir noch hier?" Die Männer beratschlagten das weitere Vorgehen.

📖

Kurz bevor Rhoddlyn eine Gelegenheit fand, selbst nach Mostar zu fliegen, bekam er einen Tipp: „Es ist ein vom Militär gecharterter Flug von Mostar nach Deutschland vorgesehen. An Bord werden vier Männer mit Diplomatenstatut sein, von denen einer Euer Nikki sein dürfte. Alle vier gehören zu unserer ‚Drug and Sex Connection'. Wie die an den Flug gekommen sind, weiß ich nicht." Der Informant gab noch die Flugnummer und die Uhrzeit durch. Dann legte er auf.

In diesem Fall waren seine deutschen Freunde außen vor. Was Rhoddlyn, aus schlechten Erfahrungen klug geworden, vorhatte, durften weder sie noch sonst jemand erfahren. Das hatte intern von dem engsten Kreis in der DEA abgehandelt zu werden, dem er angehörte. Als sie über das weitere Vorgehen abstimmten, gab in diesem Zirkel niemand, der anderer Meinung als Rhoddlyn war.

Bei der nachträglichen Untersuchung der gesamten Vorfälle kamen die Ermittler von OK nur auf eines: Es blieb von vorn bis hinten rätselhaft, was da wie vorgegangen war. Es gab zwar eine Meldung der Flugaufsicht Eurocontrol und der deutschen Flugüberwachung, die einen privaten Learjet von Mostar als Diplomatenflug von Mostar nach Spangdahlem Airbase in der Eifel überwacht hatten. Doch dann gab es keine Informationen mehr. Die Amerikaner mauerten.

Die nächste Meldung in dieser Sache kam von einem Parkplatz an der A 60 in der Nähe von Spangdahlem. Ein Trucker, der zufällig von seinem Sitz aus durch ein Fenster in den Wagen sah, machte eine schaurige Entdeckung: In dem Wagen lagen vier Männer, mit Handschellen aneinandergefesselt. Jeder ein Diplomatenköfferchen an den freien Arm gekettet: Gefüllt mit Beuteln in denen unübersehbar weißes Pulver steckte.

Autobahnpolizei und Rettungsdienste waren sehr schnell am Ort des Geschehens. Doch kurz nachdem der Notarzt den Tod der Männer durch Kopfschuss festgestellt hatte, bretterten amerikanische Zivilfahrzeuge auf die Rastanlage. Von den Versuchen der deutschen Polizei, sie an der Einfahrt zu hindern, blieben sie unbeeindruckt.

Selbstherrlich herrschten die Zivilisten ihre deutschen Kollegen an. Das seien amerikanische Diplomaten in einem verdeckten, zivilen Militärfahrzeug. Weshalb sie nach dem NATO-Truppenstatut ihrer Jurisdiktion unterlägen. Das Fahrzeug mit den Leichen werde sichergestellt. Welchen Worten umgehend die Tat folgte.

Noch während Rhoddlyn an diesem Abend mit seinen deutschen Kollegen bei einem Bier saß, erhielt er einen Anruf. Kurz berichtete er anschließend: „Nikki lebt nicht mehr. Er ist mit drei seiner engsten militärischen Freunde per Learjet nach Spangdahlem eingeflogen. Das Quartett war in einem Buick Park Avenue der Luftwaffe auf der A 60 unterwegs. Sie lagen tot auf einer Rastanlage in ihrem Wagen. Aneinander gefesselt und jeder ein Köfferchen mit Heroin dabei. Mehr erfuhren die deutschen Beamten in dieser Sache nicht mehr.

filmjuwelen

JUWELEN DER FILMGESCHICHTE

DER SKANDALFILM VON 1960

LILLI PALMER · JOHANNA MATZ

O. E. HASSE · HELMUT LOHNER · E. F. FÜRBRINGER

Frau
Warrens
Gewerbe

NACH DEM BÜRGERSCHOCKDRAMA VON
LITERATUR-NOBELPREISTRÄGER
BERNARD SHAW

FSK ab 18

DVD VIDEO

Der Autor:

Walter Scheele, Jahrgang 1945, lebt seit rund 50 Jahren als Redakteur und Buchautor im Rhein-Main-Gebiet. In dieser Funktion war er für große Tageszeitungen, ebenso wie den Hörfunk sowie zahlreiche Fernsehsender, im In- und Ausland tätig.

Die besondere Neigung Scheeles gilt der „Wahrheit hinter der Geschichte". Weshalb er eine umfangreiche Material-sammlung mit vielen bunten Facetten, auch bekannter Kriminalfälle, sein Eigen nennt. Daraus entstanden bereits mehrere erfolgreiche Kriminalromane. Wie dieser.

www.tredition.de

Über tredition

Der tredition Verlag wurde 2006 in Hamburg gegründet. Seitdem hat tredition Hunderte von Büchern veröffentlicht. Autoren können in wenigen leichten Schritten print-Books, e-Books und audio-Books publizieren. Der Verlag hat das Ziel, die beste und fairste Veröffentlichungsmöglichkeit für Autoren zu bieten.

tredition wurde mit der Erkenntnis gegründet, dass nur etwa jedes 200. bei Verlagen eingereichte Manuskript veröffentlicht wird. Dabei hat jedes Buch seinen Markt, also seine Leser. tredition sorgt dafür, dass für jedes Buch die Leserschaft auch erreicht wird.

Autoren können das einzigartige Literatur-Netzwerk von tredition nutzen. Hier bieten zahlreiche Literatur-Partner (das sind Lektoren, Übersetzer, Hörbuchsprecher und Illustratoren) ihre Dienstleistung an, um Manuskripte zu verbessern oder die Vielfalt zu erhöhen. Autoren vereinbaren unabhängig von tredition mit Literatur-Partnern die Konditionen ihrer Zusammenarbeit und können gemeinsam am Erfolg des Buches partizipieren.

Das gesamte Verlagsprogramm von tredition ist bei allen stationären Buchhandlungen und Online-Buchhändlern wie z. B. Amazon erhältlich. e-Books stehen bei den führenden Online-Portalen (z. B. iBookstore von Apple) zum Verkauf.

Seit 2009 bietet tredition sein Verlagskonzept auch als sogenanntes "White-Label" an. Das bedeutet, dass andere Personen oder Institutionen risikofrei und unkompliziert selbst zum Herausgeber von Büchern und Buchreihen unter eigener Marke werden können.

Mittlerweile zählen zahlreiche renommierte Unternehmen, Zeitschriften-, Zeitungs- und Buchverlage, Universitäten, Forschungseinrichtungen, Unternehmensberatungen zu den Kunden von tredition. Unter www.tredition-corporate.de bietet tredition vielfältige weitere Verlagsleistungen speziell für Geschäftskunden an.

tredition wurde mit mehreren Innovationspreisen ausgezeichnet, u. a. Webfuture Award und Innovationspreis der Buch-Digitale.

tredition ist Mitglied im Börsenverein des Deutschen Buchhandels.

Zeitfracht Medien GmbH
Ferdinand-Jühlke-Straße 7
99095 Erfurt, Deutschland
produktsicherheit@kolibri360.de